冯 卓 著

中国和平出版社

图书在版编目（CIP）数据

辣妈孕事儿 / 冯卓著. -- 北京：中国和平出版社，2015.1

ISBN 978-7-5137-0911-8

Ⅰ.①辣… Ⅱ.①冯… Ⅲ.①日记—作品集—中国—当代 Ⅳ.① I267.5

中国版本图书馆 CIP 数据核字 (2014) 第 309063 号

辣妈孕事儿

冯卓 著

出 版 人：	肖　斌
责任编辑：	刘浩冰
装帧设计：	胡椒设计　常美丽
责任印务：	石亚茹

出版发行：中国和平出版社
社　　址：北京市海淀区花园路甲 13 号院 7 号楼 10 层（100088）
发 行 部：（010）82093713
网　　址：www.hpbook.com
投稿邮箱：hpbook@hpbook.com
经　　销：新华书店
印　　刷：北京艺堂印刷有限公司

开　　本：710 毫米 × 1000 毫米 1/16
印　　张：14
字　　数：180 千字
版　　次：2015 年 3 月北京第 1 版　2015 年 3 月北京第 1 次印刷

（版权所有　侵权必究）

ISBN 978-7-5137-0911-8　　　　　　　　　　　定价：35.00 元

（本书如有印装质量问题，请与我社发行部联系退换）

目录 contents

第一季：谁扰了我的"丁克梦"？

01 "我'中枪'了" /3

02 铁杆丁克变身宝妈 /11

03 我是"火药桶"！我是"欧巴桑"！ /17

第二季：幸福爆棚·孕事篇

04 "害喜"也是一种幸福 /25

05 小宝贝做运动 /31

06 胎宝宝是"小魔头" /37

07 得瑟病了吧，孕妈可得长点心 /43

08 入院风波 /49

09 小夫妻胎教囧事、乐事私享会 /55

辣妈孕事儿

第三季:"神经质"妈妈的苦与乐

10 产前抑郁不容小觑 /63
11 待产期的那些事儿 /71
12 此致,孕时光 /77

第四季:家里来了"小魔头"

13 等你的心情,胜过《忐忑》 /87
14 泪洒三天三夜 /95
15 哺乳、开奶糗事多 /103
16 我是"烙煎饼",你是"夜哭鬼" /111
17 严把月子关,兜爸当父又当"姆" /117
18 多事之秋 /123
19 终于可以"放风"了 /129
20 宝宝"偏头"怎么办? /135

 第五季:辣妈的"全能小时代"

21 被"打鸡血"的全职妈妈 /143

22 丢魂的一夜 /149

23 产后性生活 /155

24 "独行侠"的灭火记 /161

25 "伪单亲"军嫂一枚 /167

26 为爱下厨 /175

27 有多自由,就有多幸福 /181

 第六季:辣妈是一种态度

28 "母乳喂养"中,请勿打扰 /191

29 "断奶",貌似没传说中那么难哦 /197

30 抑郁,滚蛋吧 /203

31 周岁记:从育儿"小白"到资深辣妈 /209

自序：是慰藉，也是前行

　　动笔时，我有些犹豫和恍惚。好似随着年岁的增长，自己只想简单前行，不愿再回头张望。可事实上，我又是这样一个念旧而感性的人，容易对过去的一切心生怀念。

　　从怀孕生子一路走来，我体验着不一样的感觉。在残存的记忆中，有些事情仍不时地在我脑海中闪现。虽然只是片段的、零星的，但对于我的人生，却有或多或少的影响。为避免冗长乏味，我只把育儿过程中最有趣和最具价值的细节做一些陈述。

　　同时，写此书也是为了给女儿一个完整而美好的记忆，因为有些光阴一旦逝去便再也回不来了。我要让女儿知道，在孕育和陪伴她成长的道路上，妈妈对她的爱惜、珍视和担忧。

　　"序"的功能照例是要感谢一些人的。我要感谢文友薛晓菲，当时我是在你的热心引荐下才决定去写这些文字的，谢谢你的鼓励和"加持"。另外，我还要感谢爱人蒋先生，你总是想方设法把最好的给我，而我却不小心成为你"甜蜜的包袱"，谢谢你对我的疼惜和爱护。最后，还要感谢我自己，承载着对女儿的爱和祈祷，这一路勇敢地走来，最终以"一次超级顺产"作为答卷，完成了美丽蜕变。当然，还要感谢很多曾经帮助过我的亲朋好友以及本书的策划编辑冯雪……

　　在懵懵懂懂的育儿时光中，我告别着过去的人和事，也被过去告别着。为人母之后，我学会爱也更懂得了珍惜。我的过去未必那么好，但将来肯定不会那么糟。

　　给未来留下感叹的文字，是慰藉，也是前行！

第一季：
谁扰了我的"丁克梦"？

备孕要注意哪些事情呢

你所关心的孕前检查

胎宝宝和孕妈妈有哪些变化呢

孕妇不良情绪大起底

小萝莉怎能变成欧巴桑

备孕吃点啥好呢

01 "我'中枪'了"

辣妈心情故事

以前我总是认为，自己的孩子一定会是一个与众不同的宝宝，他（她）会在父母状态最好的时候来到这个世界，没想到……

那一次与先生"小别胜新婚"，彼此在忘乎所以中忽略了避孕措施，于是我便意外地"中枪"了。

如果不是这样，即便在步入婚姻的第5个年头里，我依然不曾有做妈妈的打算。有人说"80后喜欢玩孩子，但不喜欢生孩子"。每每听到这句话，我总是嘴角上扬，想一想这话说的应该是我这种怀揣着"丁克"精神的人吧。

当然，我已是奔三的年纪，不敢生孩子除了怕疼外，也有其他的借口。

其一，我怕自己养不起、养不好孩子。我和先生的月收入虽说已过万，可在物价"涨"声一片、人民币不断贬值的年代，一个月能挣200斤猪肉钱的人才勉强算白领。而对于生活在房价高、物价高、油价高的"国际旅游岛"的人来说，我们也只能让自己生活在食物链的最末端。

其二，我自认，夫妻二人的才华算得上人中中上等，可惜没有相应的地位和收入作根基，也便失去了让孩子"拼爹"的基础。不知道日后宝宝的到来是福是祸，更不确定能否给他（她）更好的生活。

可是这世界变化太快,快得让人无法接受。曾经,用"自信乐观"作为我的个性标签,感觉一点儿也不为过。可"那次"之后,一向正点的"大姨妈"突然晚了一个多星期,我心里不免有点毛毛的。于是,我就着蒙蒙夜色,急匆匆地跑去药店买试纸。当时顾不得柜台里营业员那带着毛刺的眼神和话语,我手指一勾便选了个厂家最知名、价格最平民的试纸,然后打包带走。回到家,我像进了屠宰场般,一溜烟窜进了卫生间。

我心口狂跳地将试纸一端浸入装着尿液的纸杯中,保持10秒后我将取出来的试纸横放在杯口,心也跟着忐忑起来。我祈祷了半天却还是没能阻止第二道红杠渐露,继而颜色加深……

我被这一幕惊诧到,感觉心脏都要从喉咙口活生生地蹦出来了。

那一刻,也许是还没做好初为人母的准备,我居然镇定到并未像电影桥段里演绎的那般,激动地想哭、想跳、想笑、想大叫!反而最强烈的感觉居然是:"这样买卫生巾的银子,可以好好地省下一笔了!"

我承认,自己起初也有过小私心(怕流产的疼),但当我知道宝宝已经出现的那一刻,内心更多的还是不舍,这份意外而来的母子情缘,何不好好珍惜?生命就像一场旅程,谁遇见谁都是一场美丽的意外。

在深吸了一口气后,我迫不及待地拨通先生的手机,语无伦次地告诉他这个令人振奋的消息……继而,我清晰地感觉到电话那端,先生掩饰不住的小激动,估计他恨不得立马踩着风火轮飞奔过来,可是我们却相隔两地……

许是得知肚子里已有了小生命,那与生俱来的母爱,让原本粗线条的我真正体会到一个生命对另一个生命真切的关爱和无私的付出。因为宝宝的到来,我将任何对宝宝带来一丝伤害的可能都拒之门外。

我不时地问自己:有能力照顾这个小生命吗?能保证带给宝宝一个快乐的世界吗?自己会是一个合格的妈妈吗?这些,我都没有个准确的回答,每天惊喜又担忧着……藏在脑海里的各种疑问,第一次让神经大条的小妞深深地感受到一种叫作"压力"的东西。殊不知,压力已经向我渐渐逼近了……

　　为了确定宝宝的预产期,我特意找了一家颇具规模的妇产医院做孕检,熙熙攘攘的B超候诊大厅里挤满了大腹便便的孕妈妈和如我一般的"失足"女青年。人们或失落沮丧,或欣喜若狂,不同的神情阐述着各自不同的心境。等了许久,终于听到有人在喊我的名字,我便循着护士的指引躺在诊疗床上。我不时地偷瞄一眼显示器,以为这种检查无非是走个形式,也并没多想。

　　"你确定怀孕了吗?"B超医生突如其来的一句话,让内心松懈的我打心底窜上一口凉气。

　　医生再一次将握在手里的探头,狠狠地朝我软绵绵的肚子压去,依稀可见的赘肉如波浪线般时隐时现。特别是她的每一次用力,都让我的膀胱括约肌条件反射似地跟着收紧,真担心在神经游离的那一瞬,她会将我憋足了劲的尿液给扑哧一下挤出来。

　　"怎,怎么啦?"B超医生的话像一颗刚爆炸的原子弹,忧郁的阴霾瞬间吹散了我之前华丽丽的心情。

　　"你还是问问医生吧,下一个。"她回答。

　　此时,面对突如其来的变故,我那不争气的眼泪像断了线的珠子扑哧哧地滚落面颊,之后我便一个人顶着悲伤朝诊室走去了。那离诊室仅有100米的距离,却让我挪了好久。孕妈我刚沾上"孕"字边,马上就成了风声鹤唳的神经质了……

　　不得不说,再自强独立的女性,也有柔弱无助的凄惶……

　　"B超没见孕囊,怀疑可能是宫外孕,也可能先兆流产。"因那日在就诊时已接近日落黄昏,接诊的东北女医生忙不迭地换下工装,果断地给我下了诊断。

　　"怎么会?您确定不是误诊?"沉浸在悲痛中无法自拔的我,煽动

辣妈孕事儿

了一下鼻翼，颤声地问。在询问了我末次月经日期、有无流产史等一连串问题后，东北女医生肯定了自己的说法。

我斜倚在门框上，喃喃地哀怨道："做妈妈怎么就这么难？"此时，我宁愿相信如上"诊断"是医生着急下班、敷衍患者的结果。

"要么你过三天再做个超声看看。"就在我目光呆滞地将要走出诊室的那一刻，却被东北女医生高亢的声音叫住了。这一声呼唤像黑暗里瞬间燃起的火把，照亮我心底的最后一丝希望。

等待复查的那几天，我像是在等待一个关乎生死的"判决书"，心急如焚。我看着镜子中的自己，目光呆滞，我用双手抚摸着肚子入睡，可每晚我都是哭着入睡再被梦魇惊醒……

心情不好时，我也会在电话里向先生发泄内心的不良情绪，埋怨他"男欢女爱""水乳交融"时的自私与鲁莽。

三天后，愁苦不堪的我再次心怀忐忑地爬上了B超室的那张诊疗床，还是上次做B超的那个医生，她邪恶的表情像极了仙人掌的刺，深深地刺痛着我的心。

在那张铺着白色床单的诊疗床上，意气风发的我再一次于他人面前暴露出了自己的脆弱，我眼角含着泪，紧抵着嘴唇，双手死死地抓着衣襟……

"孕囊还是很小，不符合你的天数。"再次接诊的东北女医生淡定地看着超声单，言语中没有了那日归家似箭的浮躁情绪，以至于她今日心平气和的口吻彻底击溃了我的玻璃心。

"你是说孩子保不住了吗？"急得坐在医生对面的我直跳脚，抑制不住的泪水如泉涌般唰唰地流个没完，我也全然顾不得周围的人投来的异样目光。

"这可咋整，姑娘你别哭啊，先抽血看看孕酮值，如果HCG（绒毛膜促性腺激素）翻倍长就表示胎儿发育良好。"看来东北人粗犷的嗓音体现的不仅是性格上的豪迈,更是"镇压"我此刻焦虑情绪的一种大气。

真是心急多忘事,同样在妇科做过两年工作的我怎么把这事给忘了,我突然拍着脑袋,如醍醐灌顶一般。

由于要取两次实验室数据进行比对,心快碎得拼不起来的我只好在无比煎熬的等待中抽了两次血,然后度日如年地等待结果。那几天我不停地用电话、短信联系着各方"过来"的朋友和一个整日奋斗在产房一线的阿姨。

"实在不行就流掉吧,养好身子咱们从头再来。"

这是阿姨在电话里叮嘱我 N 遍的话。想起我也曾以同样的口吻安慰过有类似经历的患者,可是当今天的主角换成了自己时,方才真正体会出那种撕心裂肺的痛。

我不忍告诉先生现在的情况,觉得对不起他刚刚建立起的幸福感;我不也敢面对自己,觉得对不起"天将降大任"于我的重大期盼。

连日来,来自周边的建议都是劝我别保这胎了。取最后一次化验结果的那天早上,我伤心地把手放在小腹,突然感觉肚子里的小生命在跳动。我知道这是幻觉,但在那一刻我的想法却不再动摇了,我决定全力以赴地保住肚子里的这个"小怪物",哪怕只有一线生机。

怀孕的"水"太深了,胎宝宝才刚刚在我的身体里"入住"一个多月,就已经把我的生活搞得水深火热了。拿到结果后,我木讷地朝着诊室走去,我不敢想象最坏的结果是什么,我只希望宝宝可以一直和我坚强地走下去……

 宝妈须知

备孕注意事项：

1. 保持好心情，避免过多来自工作和家庭的压力，让备孕顺其自然。

2. 养成好习惯，按时三餐不熬夜，男方有吸烟、喝酒的嗜好要提前半年戒掉。女方不乱吃药，口服长效避孕药需停药 6 个月；有清宫史需半年后再怀孕；剖宫产要 2 年以上才能再怀。

3. 最少提前 3 个月服用叶酸，避免胎儿畸形。准确记录月经周期，从最后一次月经开始的第一天，也就是从末次月经开始的时间算起。

4. 注重监视排卵期：排卵一般在月经周期的中间，会有无色透明拉丝状分泌物出现，此期的卵子在 24 小时内受孕最强，并持续 4 天左右。或测基础体温，早上起床清醒片刻后检测最准，排卵前多为 36.6℃ 以下，排卵时会有 0.3 ~ 0.5℃ 以上的升高。

注重孕前检查：

1. 常规检查：血尿常规，肝功和分泌物等，检查有无贫血或感染其他致病菌导致流产和胎儿畸形的情况。

2. 血值检查：测血 HCG 比怀孕试纸更准确，若数值翻倍长则确定为正常宫内孕。

3. 超声检查：可准确判断怀孕天数及有无宫外孕等其他不利因素。（为减少超声波对胎儿的影响，若孕妇无严重的腹痛和下体流血可免做。）

美妈饮食碎碎念

备孕前要多吃健康食品，如牛肉、禽蛋类；核桃、大枣、花生、瓜子等坚果类，此类坚果富含维生素E，不仅具有保胎功效，而且对胎儿的脑部发育也有好处。

【友情提示】

本书所有"宝妈须知""美妈饮食碎碎念"板块里讲到的内容仅供参考，各位辣妈可根据自己的实际情况酌情选择和应用哦！

02 铁杆丁克变身宝妈

辣妈心情故事

或许是上天眷顾我,所以这个小生命能暂时安全地"寄存"在我的身体里了。那几天,我仿佛在人间和地狱中不停地游走,我不断捶胸自问:看似简单的怀孕怎么到我这里就这么难?

我不记得血 HCG 的具体化验数值是多少了,当那位东北女医生激动地对我说:"你的数值翻倍在长哦,宝宝目前发育良好"时,我的眼泪再一次喷涌而出,那颗命悬一线的心终于归回原位了。

那一刻,我像只在笼子里困了很久的小鸟一样,我满脸泪花地跑出了医院,突然发现海南的天空是那么的蓝。

不一会儿,我接到了先生的电话,跟着我寝食难安的他今天的声音颇为哽咽,等不及他问详情,我便将这个好消息告诉了他,这对他来说也是一剂治疗神经崩溃的猛药,我们又在电话里热聊了好一会儿才作罢。

从那时起,我就每天幻想着肚子里这个小东西将来会怎样哭,怎样闹,怎样与他爸争我的宠……可好日子没过几天,又一次意外让我差一点儿哭得背过气去。

说到此,还是先扒一扒我的背景吧。

当身边的朋友在即将奔三的年纪,都陆续将下一代的精良品种制造出来时,我和先生还分别踩在海南岛的一南一北,过着"五加二"的"周末夫妻"生活。

话说,我是一名80后小军嫂,曾经为爱而奔走天涯。因在先生的驻地迟迟找不到心仪的工作,于是,我在婚后的第二年,孤身一人来到了距先生驻地300多千米的省会城市就职。自此,每个周末我和先生在一来一返中,演绎着现实版"双城记"的虐心故事。

好在2010年海南高铁开通后,缩短了我们两座城市的距离,与此同时,每月的薪水也有一半贡献给了祖国的高铁事业。

正因为有了无尽的思念,我和先生的感情才得以一次次地升华。我天天掰着指头计算着他到来的日子,每当火车的轮子开始转动的时候,便又开始了新一轮的思念周期。

考验夫妻真挚情感的,当然也不是花痴年龄时的卿卿我我,而是来自婚后锅碗瓢盆的各种生活琐碎。由于我和先生两地分居,且双方又没有老人帮忙照顾,眼前这场即将开始的"两个80后和一个00后的混乱生活"大战,也已迫在眉睫。

那是个秋高气爽的午后,我正慵懒地坐在办公室里舒展着筋骨,突感小腹有丝丝阵痛。起初没在意,直到发现"见红"我才意识到事情的严重性。果不其然,再次被东北女医生铿锵有力地诊断为"先兆流产"。

"你咋又来了?是不是想把她得瑟掉了才算完事啊?"刚一落座,耳边便冲出一个女声。

我知道,这是"工作狂"忘乎所以的操劳所致,听了东北女医生劈头盖脸的批评,我感觉自己的魂魄都要被吓飞了。

不作死就不会死!在等待取药的间隙,我对着药房玻璃反射过来的影子,狠狠地掐了一下自己已惊到煞白的脸。我悻悻地接过保胎用的黄体酮和维生素E胶丸,手筛糖似地抖,来不及找水我便急不可耐地撕开铝箔纸，一口吞下了几颗药丸。即便我使劲吞咽着口水，被卡在食管的药丸依旧让我堵得慌，难受至极。

我哭泣、我伤心，难道我和宝宝真的就没有母女缘分么？我担心、我自责，是不是宝宝在用另一种方式让我注意她的存在。我再次把这个消息告诉了先生，他这个行动派终于按捺不住，当晚便从三亚火速赶到海口。

看着我颓靡的样子，先生说他的心如同被开水汆烫过的生蚝，抽筋似地疼，他紧紧地握住我冰冷的手，连声安慰道："咱们辞职吧，跟老公回家。"

有些事，命中注定即无法改变；有些情，一旦开始便覆水难收。我进行了很久的思想斗争，在下定决心辞职的那一刻才恍然觉知，自己也不过是个肉体凡胎的小女人，这一刻还是觉得家庭比事业更重要，家庭幸福比个人的成功更诱人！为了获得心理平衡，我只能祈祷：自己现在的放弃会在将来得到更好的回报。

保胎的日子是最辛苦的，不仅一天24小时被囚禁在床上动弹不得，还要整日被各种"胡思乱想"纠缠着。不敢想象真正失去了孩子的我到底会变成什么样，恐惧像一只无形的手死死按住了我的胸口。那些日子，来自各方关注的电话我都没有勇气接，怕自己失态，怕控制不住内心的悲伤。后来在先生的开导下我的情绪才算基本平静了，保不住就不硬撑了。可没想到在他悉心的照顾下，第四天腹痛流血的现象就没有了，只有轻度的腰酸。

我来到医院，又一次抽血的数据表明我的头胎算是保住了，听到这里我如释重负，长长地舒了一口气，不由得佩服自己从始至终的坚持。只要坚定信念，不抛弃、不放弃，就一定会有想要的结果。我拉着先生找了一家"高大上"的餐厅，吃了近10天来真正的一次饱饭。

在服务员小碎步跑来的那一刻，先生凝视着菜单，像倒豆子般一气呵成：腊鱼尾、水晶粉丝、干煸大肠……

 辣妈孕事儿

"你不是不让我吃辣么?"一直没有食欲的我,还真是被先生点的菜诱惑得食指大动、不亦乐乎。

"不是说酸儿辣女么?你好这口,我也犒赏你一下。不过,下不为例哦!"先生粲然一笑,露出了像门板似的大牙。

而先生哪里料想到,装着像没事人似的我,却在吃饭的间隙又萌生了一个新计划……

"我还想出去工作。"其实,女人赚钱不一定就要养家,只是为了赚回自己的尊严,起码我是闲不住的人。

说这话时,我小心翼翼地观察着先生的一举一动,也没敢把他的话往耳朵里放,生怕放了就拽不出来。

"我看你是不撞南墙不回头啊!出了问题,可别怪我没提醒你。"在被先生赏了数十个卫生球似的白眼后,我还要被他像训猴子那般啰里巴嗦地训斥一番。

在我死缠烂打的央求下,先生责任已尽,不好苦劝,便极不情愿地支持我。后来我应聘了一家当地的医院,用他的话说是"好了伤疤忘了疼"。

这是一家专科医院,我本来瞄准的是医院营运的职务,却因早年在医院实习时,有过专门的经验,所以面试时我顿了顿竖起的柳眉,还是循着总管的意思一推半就地干起了咨询医师。

"你有宝宝么?"突然,那个长相似皮包骨头、颧骨尖突、腮帮没肉且面部下陷的面试总管在上下打量我一番后,又话语直白地追问了我一句。

"我,我还没打算要。"谎言确实不美,可有时却不得不说。此话一出,内心像有一面小鼓,一直咚咚咚地敲着。

"好吧,你下周一就来上班吧。"随着唰唰的写字声传来,只见那面试总管快速地在应聘表上签上了熟练的"火星文"。

在孕期的我,暗自庆幸自己又重新开启了职业的大门,虽不敢保证

能做多久，但我一定会在有限的时间内尽量做出无限的可能。

能在孕期找到工作，内心自是有点小兴奋，说白了就像个膨胀到极限的热气球。我走在马路上轻轻抚摸着日渐隆起的小腹："宝宝，就算妈妈不能给你想要的世界，也会许你一个漂亮的未来"。

大约到了孕8周，我开始感觉身体有些不适了，每天工作提不起精神，一到下午就瞌睡连连。最明显的变化是嘴里没味不说，吃什么都提不起食欲，对医院里的工作餐我更是厌恶至极，而且闻了自己炒菜飘出来的油烟味，居然恶心得想吐。果然是又一个路障来了，让我跌跌撞撞看不到出路……

宝妈须知

在正常受孕的第1个月，孕囊已完全嵌入子宫"肥沃的土壤"中，随着月份的增加，孕囊就像种子一样开始生根发芽。在此期间，胎宝宝和孕妈妈都会有不同程度的变化。

1. 胎儿的神经系统开始逐渐发育，叶酸补充从孕前三个月至少持续至孕早期。

2. 孕期受激素影响，孕妇脾气会有些暴躁易怒，此时应尽量规避，以免有唇腭裂的宝宝出现。

3. 避免服用各种药物，对于有慢性疾病的孕妇，在此期间应适当减少用量或选用对宝宝影响小的药物。

4. 倘若下体有少量褐色分泌物，不必过于紧张，这种情况多半也是胎儿着床的可能。

5. 偶尔的撕裂性腹部隐痛也不必担心，这是胎宝宝在慢慢长大，嫌"房

子"太小啦。

6.此时怕冷不要误诊为感冒,这是孕早期的通病,因为孕期体温升高,会对外界温度更敏感些。

7.另外,注意保持充分的休息和睡眠,多饮水,利于排毒。

8.避免干重活,不要同房,避免滑胎。

美妈饮食碎碎念

宝宝真的来了,此时发育所需的营养就是大量不饱和脂肪酸、动植物蛋白、氨基酸、维生素和大量微量元素等。如果孕妇有挑食、偏食的习惯,应尽量做到膳食平衡。豆制品、乳制品、各类坚果、新鲜水果蔬菜、鱼肉禽蛋等,都是孕妈的不错选择。

当然,一些孕妇担心胎儿营养不良,喜欢盲目进补,笔者建议量力而为。孕早期,孕妇每日所需钙量约800毫克,完全可通过食补获得,也可少量服用钙制剂。笔者孕早期每日坚持服用200毫升蛋白质粉、一粒叶酸。

03 我是"火药桶"！我是"欧巴桑"！

辣妈心情故事

2011年我的生日刚过，一个小小的轮廓便真实地在我身体里生了根。印上"准妈妈"的标签，连负担也带着一丝甜蜜，不得不拿起笔一次次勾勒着那些刻骨铭心的回忆。

许是先后经过流血、保胎、辞职、再就业等虐心的日子，跌宕起伏的孕早期经历并未让我有个舒心的开始。精神越紧张，便越是担心失去。

因为之前并没有认真地做过备孕工作，这场即将开始的无准备之战，让我对腹中的宝宝更是多了一份顾虑和担忧。加之小宝贝的生辰刚好是龙年，又是一个生"龙宝宝"的高峰期，我瞬间便联想到了孩子以后上学和就业的压力，担忧和矛盾让我不知所措……

恰在此时，孕期雌激素的作用使我的性情变得异常脆弱，情绪也会在一天之中莫名地产生大幅波动。

曾听小S在《康熙来了》节目中坦言，她怀孕那会儿，看流浪小孩会哭，看小猫小狗会哭，看别人家管教小孩也会哭，她从一个没心没肺的活宝彻底沦为林黛玉再世，还动不动对家里人发脾气。就连明星也是这般造作，更何况是我这样的凡夫俗子，想着想着便释怀了许多。

那日已是正午时分，骄阳似火，烤得地表屡屡散发着热浪，仿佛一

走出去就能把全身晒化。而我这个大肚婆却偏偏因为家庭琐事和先生拌了下嘴，在心情抑郁了许久后，便趁家中无人时闪出了离家出走的念头，之后我便将自己的衣服塞在箱子里于炎热的午后消失……

记得中学的时候，我曾看过一部电视剧叫《婆婆媳妇小姑》，总觉得电视剧里的情节离现实很远，都是些鸡毛蒜皮的事，吵了更伤和气。直到后来看《中国式离婚》，才知道生活原来就是这么回事，越是鸡毛蒜皮，越是小肚鸡肠，就越是斤斤计较，越能暴露出小市民的"劣根性"。

大度、从容、洒脱，听起来如此悦耳，但做到真的很难……

小姑子比我大一岁，是先生的妹妹，我俩见面总共不超过3次。孕期的一段时间，正值小姑子带着儿子来三亚度假。却没想到我们两个因为双方生活习惯的不同而引发争执，继而相互对骂。

那天，若不是有先生这个"高大粗"杵在中间当"隔离带"，恐怕我和小姑子早已大打出手。感觉没处撒气的我想让先生评评理，谁知一门心思想独善其身的他，却保持着中庸的态度，不偏袒任何一方。先生的这种态度让我感觉自己受到了极大的委屈，我才一气之下甩手出了家门。

当时的我边走边和自己赌气："我决不回去！决不！"

可是，孑然一身的我又能去往何处？怀有身孕还要拉着个不小的箱子，漫无目的地挤在闷罐似的公交车里。后来，胃开始翻江倒海。多希望那些倚靠在座位上的人可以给我腾出个位子，或是有人提着嗓门冲我喊："过来坐这"。我哽咽着随车一路到了终点，这是一片海景星级酒店，若不是内心挂着一丝气愤，我是舍不得来此消遣的，可在如此特殊的时期，终究要为肚子里的宝宝负责。我瞄着水牌上的价码，为自己的盲目感到后悔……

"女士，请问您要入住几日？"前台小姐容不得我有半点迟疑，并要求我出示身份证。

"两晚"，我一气之下咬着牙说道。看着信用卡被刷掉了半个月的工资，只能想着如何对得起这笔费用。

拉开窗帘三面环海，各色热带风情尽收眼底。"叮叮叮"还未来得及舒展好心情，急促的手机铃音便将我的思绪拉回原点。

"16个未读短信"，看来那个男人确实急坏了。

短信里的称呼也从刚开始我的乳名"卓"，慢慢变成"想念的卓"、再变成"心肝儿卓"。晕，容我先去吐一下，感觉鸡皮疙瘩在呼啦呼啦地长，但这确实出自180厘米老公的口吻啊！

我果断地决定不回短信，随之而来的便是数条如流星般的QQ留言，无非是些关心和深表歉意之类的话。其实我本意并非真心出走，不过想恐吓他一下而已，谁让他拿村长不当干部，拿豆包不当干粮！其实私下里唯一得知此事的闺蜜已在我的"精心安排"下向我家先生透露了我的行踪，只不过她谨遵"领导"指示，没说我的藏匿地点而已。

午夜，短信依旧继续，可以确定的是先生一直在拼命找我，并不停催我照顾好自己，快些回去。其实我们的感情一直很好，平日里别说是吵架，偶尔拌嘴的次数都屈指可数。若不是那天一早的"姑嫂大战"，也不至于让我这个孕妇赌着一口气离家出走。看来无论品行多好的男人，在面对"家庭内讧"的时候还是会倒向自家一边，一母同胞的兄妹之情大可抵过相濡以沫的伉俪情深。

想到这里，我的鼻子一阵泛酸，眼泪还是不争气地打湿了眼角。我一直哭啊哭，完全停不下来的节奏。我掖了一下被角，顺手抚摸着肚子，内心觉得无比愧疚和自责，待我睁眼醒来时已是第二天日上三竿了。

许是心境不同，此刻我已体会不到周末本该有的慵懒，反倒是来自身体的各种疲惫和不适让我难受至极。

"快回去吧，别耍性子啦，万一宝宝有个闪失你后悔就来不及了。"闺蜜的善意提醒动摇了我"出走"的念头，我退了部分房费便坐出租车

回家了。

  房间定是被先生认真打扫过的,地面上被砸烂的各种瓷碗和碟子已整理干净,横七竖八被踢倒的家什也整齐地码放在原来的位置,温馨感扑面袭来。只是餐桌上凌乱的几张纸引起了我的注意,上面密密麻麻地记录着三亚市区绝大部分酒店宾馆的电话号码,他一定是挨家搜寻我的落脚点却一无所获,因为他并未想过平日勤俭持家的我会跑去高档场所。

  正想着,门锁啪嗒打开,我下意识地扭过头和先生四目相对。目光呆滞、明显一圈的下眼袋和黑眼圈足以显示出:在我"失踪"不到48小时内他所经历的各种恐惧、担心和煎熬。我心疼得滴血,却又装作视而不见地坐在沙发上。先生没说话便自顾自地在厨房忙活开来,不一会儿一碗热气腾腾的打卤面便端到我的面前。

  "吃吧,不管怎样别委屈了自己,何况还有宝宝呢。"他一把将我揽在怀里,轻轻地在我脑门啄了一口,目光中泛出的怜爱让我不得不吞下泪水。

  "没孩子的时候我都会让着你,现在多了她我更不会欺负你了。"跟了他几年足以让先生猜透我的心思,我硬是被这番话感动得泪流满面,而此举也已经向他暴露了我此次"离家出走"的抱歉。先生再次狠狠地将我拥入怀里,我本能地反抗却被他抱得更紧,那一刻,我深深感觉到一个男人对女人最深的宠、最浓的情……

  "昨晚我就买火车票,把我妹送回老家了,她不会再烦你了。"先生那种心痛又无力的眼神让我一生难忘。

  "我没有考虑你的感受,你能原谅我么?"先生轻声问着。

  我小鸡啄米似地点头回应着,纵使热泪盈眶却因他诚恳的歉意而自鸣得意,我感觉自己苍白的脸上飞扬着邪恶的神采,顺便还能肆无忌惮地表现下自己的女性特质(情绪化)。

  其实我本没有勇气在"离家出走"中自我放弃。也许是没有值得我非要离开先生的理由吧。因为无论我走到哪里,家总是让我牵挂的地方……

 **宝妈须知**

备孕注意事项:

不良情绪大揭秘:前一秒钟还好好的,下一秒钟就泪流不止,孕早期情绪的大起大落是很常见的。黄体酮和雌激素是调节生殖期的雌性荷尔蒙,它们被认为是孕期情绪多变的主要原因。特别在此期间孕妇常常表现出各种多疑的"症状",比如:

思考自己有没有能力孕育一个健康聪明的小宝宝?

会不会因其他外在伤害导致胎儿畸形?

因自身家庭条件或经济状况而担心宝宝是否有个良好的未来?

自己在怀孕期间生病会不会影响到肚子里的宝宝?

生完孩子后,体型能恢复到从前的状态么?

孕育期间丈夫会因女性的生理原因而出轨么?

孕期里,孕妇的各种浮想联翩就不一一列举了,这些困扰在内心的纠结往往会给人带来沉重的心理负担,这些担忧会让孕妇情绪起伏不定,且极易发生在孕期的最初12周。

如果身为孕妇的你,也是怀孕早期心情不好,那么不必担忧,你并不属于另类,因为很多孕妇都有相似的经历。为此,我们要尽量遏制不良情绪,待孕早期适应了激素水平的变化后,情绪波动的情况就会逐渐减少了。

时刻警惕"抑郁症":

万事都有限度,若孕妇在孕期内的心理不好并非偶发,而是持续性地

存在,就要时刻注意了,因为有可能并发"抑郁症"。有了抑郁症,要么及时就医,要么自我调节:

每日拥有充足睡眠,并在午后保证睡一小觉;心情不好时,可以找同事聊聊天或去室外散散步;在职的孕妈更要注重心境的调节,不能让工作破坏了自己的心情,也不能让自身的不良情绪影响了工作。

注重孕前检查:

过了孕早期,孕妇就要去所在辖区卫生院或市内三甲以上的医院建档了,并且每个月按照医生的要求定期复检,以时刻关注胎宝宝的发育状况。

美妈饮食碎碎念

奶肉禽蛋、水果、坚果等要均衡搭配,不吃腌制食物、快餐、桂圆、螃蟹及各种生冷食品,以免引起宫缩流产。叶酸可以根据情况适当减量。

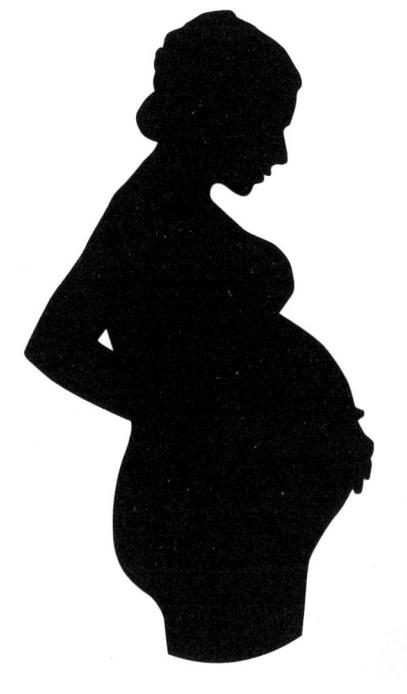

第二季：

幸福爆棚·孕事篇

孕早期有哪些注意事项
远离"害喜"之苦
孕中期要注意哪些问题
来，一起数胎动
怎样避免胎动异常
会玩胎儿互动小游戏吗
如何应对糟心的孕期感冒
关于橄榄油、孕妇装、防辐射服
胎心监护，马虎不得
小夫妻爱胎教
饮食：避免成为"糖妈妈"

04 "害喜"也是一种幸福

辣妈心情故事

孕妇的可爱在于她圆润的体形；孕妇的可亲在于她散发的母性；孕妇的可敬在于她无畏的牺牲！

日复一日的期盼，终于来到了孕四月，那段让人担惊受怕的孕早期经历，也在给"宝宝建档"的那一刻翻篇了。

"胎儿脊骨可见，鼻中隔明显，放心吧，你的宝宝很好啊。"电脑前的医生伸了个懒腰，端起杯子喝了口茶。她看完桌上的B超单，又顺势将它塞在了我的手里。

为了在日后的孕检中顺风顺水，这次，先生特意在产检医院里找了熟人。这是一位年过古稀却依然精神矍铄的老医生，得知我此前经历过数次"乌龙流产"事件后，她对我腹中的宝宝显得特别关照。

她在和我一起分享这份喜悦的时候，眉眼俨然眯成了一条线。而有了前面两项指标，便足以证明我腹中怀的是个健康的宝宝（起码没有唇腭裂），我浅笑着望了眼单子上模糊的影像，长舒了一口气。

"不过怎么没有害喜呢？"我眉头紧蹙，语气里透露着质疑。就好像只有看到自己口中呕出带血的胃粘液，才能真实地感受到腹中胎宝宝的存在。

辣妈孕事儿

"别担心啦姑娘,每个人的体质大有不同呢。"老医生的话并未让我暗自庆幸,反而让我在心底里涌起一丝小失望……

小时候,在电视里频繁地听到过"害喜"这个词,害怕孕期的种种不适,却又喜上心头。都说"害喜"是早期孕妇的"头号天敌",直到三个月后才会慢慢消失。可是我除了平时有些困乏,其余并无他恙。可没想到我连孕吐的节奏也比常人慢半拍,在漫长的等待中,早孕反应才在我无声的期盼中姗姗来迟了,而且让我遭受了近三个月的痛苦折磨。

次日,隐约还在睡梦里,我便觉得胃里一阵翻江倒海的闹腾,突然从胃底部泛出的强烈剧呕迫使我不得不赶紧起床。我一脚踢开旁边睡得正酣的先生,晕晕沉沉地朝楼下卫生间跑去。可即便我用双手死死抵住嘴巴,反呕上来的污秽物还是洋洋洒洒地从楼梯一路滴到客厅,直至我刚松手它便一股脑地全部喷进了便池。许是我屏息太久,呕吐物直接从鼻腔反流,难忍的刺鼻气味直窜脑仁,我鼻涕口水流得三尺长,紧握洗脸池狠狠地打了一个激灵……

自初尝孕吐的滋味以后,随后各种来自嗅觉和味蕾的不适感便轮番袭击着我。首先是医院里的消毒水味,然后是厨房里的油烟味,接着是汽车尾气,最后连小清新的牙膏味都足以勾起我无休止的干呕。早孕反应期的每日三餐,我也甚是痛苦。虽说饭香已牵出了我的"肠鸣音",可我总是在吃到饶有兴致的时候,捂着嘴巴冲进卫生间,将刚吃进去的东西按原分量吐出。半个月后我一上秤,整整少了9斤。

我实实在在地品尝了一回孕吐的滋味,每每身边人看到我的"重口味"都纷纷向我抛来贺喜声。"一定是个大胖小子!"可我却不相信这种平白无故的歪理邪说,怀孕时不能高调,生出来才是王道。

那一天我印象最深,从上班开始嘴巴就一直挂在马桶上。

世上没有不透风的墙,渐渐地我这个小秘密还是被一些喜欢议论隐私、道人是非的同事扒得一干二净,继而赤裸裸地呈现在大庭广众之下。

当然，也有几个志同道合的同事，会现身说法地给予我几句安慰的话。

"没事的，吐几天意思一下也许就好了，我那时才吐了半个月还不到。"一个瓷白的脸上略透几颗雀斑的小护士，绘声绘色地向我讲着她孕期的趣事。

哎，别人走过的路没有沟壑，并不代表我脚下的路会一帆风顺。在我还没顺利地进入孕5月的时候，就已经开始"吐血"了。

"你回去休息吧，下午别来了。"我的窘状，实在让科主任看不下去了，那日下午，通情达理的她给我开了绿灯。

其实，在重新回归职场的这段日子，虽然我整天苍白着脸，风里来雨里去，却始终有一颗坚强的心，而且我也从没有耽误手头的工作。反倒是在入职的第一个月，因我的个人努力给院里带来了不小的创收。这一切，想必也让这位科主任看在眼里，记在心头。

那日呕到"吐血"的情景是在晚上，喉咙反馈给嗅觉神经的血腥味，让我撅着嘴便能感觉到一股腥气。我仔细观察着吐出的污物，从略微发黄的胆汁里发现了一团血丝。

"呀！吐血了，是不是要死了。"蹲在马桶边的我，虚弱地朝正在吃饭的先生扯着"小钢炮"，没想到低沉的声音却卡在嗓子眼，怎么喊也喊不出想要的效果。继而，我如泄了气的皮球般瘫坐在卫生间的地上。

"哎，好像是！"先生端起的饭碗"咣当"一声砸在桌子里，又一个健步蹿到卫生间，准备将瘫坐的我从地上拽起。

他左手撑住我的腋下，右手扶起我的右臂使劲把我架起来。却没想到那如河水般侵袭而出的污秽物又全部涌向我的胃部，酸酸的胃液被挤到了口腔里。虽然自己企图本能地控制，可胃里的秽物还是从口腔和鼻腔里井喷了出来射在了先生的手臂上，而后又洋洋洒洒地拉着丝地流到了我的脚后跟。

那一刻先生看我难受的样子，像极了受惊的孩子，他轻声安慰着我，

声音里满是心疼。

"要不，咱把她流掉吧，那样你就不用遭罪了。"看到他傻傻地杵在那里，我知道这不过是句安慰的话罢了，若流掉我们又岂会真心舍得？更何况，我自认还是个越挫越勇的人。于是，我调整了一下状态，用手堵住了先生的嘴。怀孕是幸福的，即使再难受那也是甜蜜的折磨……

"没事，过了这段日子就好了啊。"先生一把将我抱进卧室，随后又奉上一碗香浓鸡汤，并往我的腰后塞了一个抱枕。他叮嘱了几句，便去卫生间清理那吐了一地的污秽物了。

喝完鸡汤，再次感觉胃里有点小小的翻江倒海，我蹙了蹙眉头，又似离弦的箭般一溜烟窜进卫生间，呕了半天却没了反应，这才把心放回了肚子里。

如一只回巢的倦鸟再次屈身缩回被窝，我将头深深埋在枕头里，沉沉地闭上双眼。无论是困了还是累了，当务之急都需要好好睡一觉。醒来才更有力气去直面新一轮的暴风骤雨。

印象中，孕吐的女子总会粉腮含羞、低头浅笑，周围的人们或善意地嘲笑或热情地鼓励，总之这是件值得欢欣雀跃的喜事。次日上班，科主任就通知一些人晚上去火锅店给我"庆生"（其实此次活动是科里庆祝这个月所取得的喜人业绩，我"庆生"这事，算是搭了趟"顺风车"）。

不知是人多吃得香还是突然换了口味，当晚我居然忘了老医生曾给我"少食多餐"的忠告，暴饮暴食起来。中间，我更是津津有味地吃了两小盘主任亲手给我调配的芝麻酱拌面，浓浓的酱料把我原本早已苦涩无味的味蕾又重新调动了起来，让我瞬感唇齿留香。

伤食的孕妇伤不起，体会了短暂的舌尖上的美味，后遗症也接踵而来——加重消化器官的负担。那次之后，芝麻酱也被我列入了孕期饮食的"黑名单"，偶然闻起也会出现轻微作呕之"症状"……

宝妈须知

孕早期注意事项：

孕早期孕妈妈除了情绪会被荷尔蒙搅得喜怒无常，还会因为体内产生大量的雌激素而有不适感。如嗜睡、疲劳、怕冷、头晕、尿频及乳房胀痛等，而且嗅觉也会变得异常灵敏。

1. 尽量远离"二手烟"

"吸烟有害健康"，"二手烟"不仅对直接受益人存在各种健康隐患，而且会给他人带来嗅觉及身体的不适。特别是孕妈妈为了胎宝宝的健康成长一定要远离"毒气"，或者委婉告之，或者通风远离。也希望那些有烟瘾缠身的"吸客"们，拿出绅士的风度保护好身边的孕妈妈们。

2. 口味每餐多变样

早孕反应会让很多孕妈妈存在不同程度的进食障碍，有些怕吃了吐，有些则是胃口全无。胎宝宝的营养完全从孕妈妈的口中获得给养，若孕妈妈饮食不调便会直接影响胎儿成长。此类孕妈妈可每日"少食多餐"，在职孕妈妈可约同事共同进餐，在愉快的氛围中增强食欲。

一些和笔者一样深受"害喜"之苦的孕妈妈们应如何脱离苦海呢，有如下建议：

（1）调整心态，避免压力过大加剧呕吐症状。

（2）吃苏打饼干，可中和胃酸，缓解呕吐。

（3）少食多餐，避免暴饮暴食。

（4）多吃水果，也可补充流失的电解质及维生素。

（5）着衣要宽松，避免压迫肠胃。

（6）拒绝油腻，饮食清淡。

度过了孕早期的宝宝还像个"小蝌蚪"，通过超声影像除了能看到他大大的头之外，其余如眼睛、鼻孔还都只是个黑点。耳朵是两个小浅窝，胳膊和腿部还正在发育中。

美妈饮食碎碎念

除了前几期提到的饮食搭配外,这段时间饮食并无过多调整。孕吐严重造成电解质紊乱可及时就医挂水,若身体无其他不适,不需要来自药物的进补。

05 小宝贝做运动

辣妈心情故事

在成长的岁月里,"母亲"这个词于我而言一直很生疏。在我刚满月的时候,本该被母亲搂抱在怀里嗷嗷待哺的月龄,我便被她狠心地抛弃了。我留在了只有爸爸的单亲家庭,由奶奶慢慢地拉扯长大。没有原因,只能怪父亲从一开始,便爱上了一个不爱回家的人。

记得初中那会儿,小区里常会出现一个呆傻的女人带着孩子,他们被一些半大小子丢着石子嘲笑着。每每看到这一幕,心如刀割的我,反而希望那是自己的妈妈,哪怕她是个傻子。

母爱缺失,就像身体上少了一根肋骨。上学那会儿,被同学嘲笑惯了,我的性格自然变得孤僻。平日里总是很少说话,更害怕在课堂上被老师叫起来回答问题。虽然我也渴望友情,但多数时间我更喜欢一个人独处,朋友更是少得可怜。

那次在语文课堂,一个常怂恿大伙赐我"歧视"和"白眼"的"娘娘腔"又挑战了我的底线,以至于我一个跨步冲到他的面前。在我"九阴白骨爪"的招呼下,他那张肥胖的大脸很快被我抓挠出一道道鲜红的印子。若不是语文老师那"高大壮"的身躯直逼了过来,恐怕"娘娘腔"的脑袋早被我的铁皮铅笔盒砸到脑神经短路了。后来听说,"娘娘腔"

的母亲在一次车祸中遇难了,那时的我竟突然有种"同是天涯沦落人"的凄凉感。

儿时缺乏母爱所造成的心理创伤,一度使我对各种恶势力充满着怨恨,万事也只看消极的一面。《怀念母亲》一文中说:"缺少母爱的孩子是灵魂不全的人。"恰恰是这种固有的心理阴影促使我毫无保留地释放母性。我不敢保证,自己会给女儿最好的,但一定会给到她我力所能及的。

孕育的日子一天天过去,虽说我的颜面并未像其他孕妇那样面色晦暗或有大团色斑,但身材确实比平时臃肿了许多。在"'4个月'+'3周'"时,我的小腹一下凸了起来,以前穿的裤子也陆续被淘汰了。想到又要去进行每月的例行孕检了,我的内心满是期待……

过了孕早期,孕检也就规律了,无非是接受一些血尿常规、体重、血压的检测。无意外的情况,孕检频率是每月一次,待孕晚期则会根据月份的增加渐渐过渡到每周一次、每周两次直至产前的每日一次。大概6个月以后,医生则会根据胎儿胎心和胎动的情况拍一拍、摸一摸孕妇的肚子,并适时增加其他医学仪器的辅助检查。

"现在还有血吐出来么?"依旧是那位给我建档的老医生,为全面掌握我的孕期状况,她将跟着我直到宝宝出生为止。

"嗯。"我从体重秤上缓缓挪下步子,下意识地做着回应。

"胎动有么?"接下来的询问令我愕然……

"别怕,轻微的蠕动不仔细观察感觉是不明显的。"怕挑起我那根最敏感的神经,老医生快速转移了话题。因为到了这个月份,正是宝宝活动最频繁的时候。

"不会有什么事吧?宝宝不会出现意外吧?"我下意识地吐出一连串的反问句。

"没事的,回去好好感觉一下,不可能没有动静的。"老医生一副无所谓的样子。

　　从医院出来，我又仔细地琢磨着老医生给我分析的胎动变化。好似在进入孕 5 月以后，腹中是有几次轻轻的蠕动，像是从山谷深处幽幽传来……怕是我将宝宝传递给我的信息和肠蠕动混为一谈了。

　　从前的人认为，怀孕生子是非常具有神秘色彩并且是延续宗脉的大事，因此就有许多有关禁忌的习俗来规范人们，以防逾越"规矩"而遭不幸。譬如，孕妇参加婚礼则会"喜冲喜"，一方或双方会发生不祥。当然，中国的"无神论"思想首先产生在军队中，产生在战争实践中。

　　2011 年秋叶飘零的一天，先生携我去参加某战友的婚礼，席间不时有晚辈和领导向"晚育"的我们表示祝贺，没想到带着"丁克"余毒的我却也因先生的"霸王硬上弓"而怀孕了。而一旁被战友羞得面部微微泛红的先生，也为荣升准爸爸而高兴地小酌了几杯。

　　"爱太深了会累，酒喝多了会醉"，回到家先生就醉醺醺地摸着我的肚子傻笑说："宝宝，你是男孩还是女孩啊？爸爸好想看看你！"说罢，颧骨通红的他和我对视了一眼，有点难为情地低下头，随后声音也低沉下去开始哼哼唧唧。怕他没轻没重地碰到宝宝，我狠狠地甩开了先生搭在我肚皮上的手。

　　在这时我却惊喜地发现肚子竟然鼓起个包来，结合记忆中模糊的书本知识，我断定这便是胎动了，我简直大喜过望："宝宝有胎动了，她在回应你！"我扯着嗓子叫醒即将酣睡的先生。他兴奋至极，用手按着我的肚子等待回应，可过了好久也没等到宝宝"翻筋斗"……

　　担心宝宝因爸爸的鲁莽受到惊吓，我便不由自主地又责怪起先生："你怎么那么可恶啊，还用手指捅她！"先生无辜又自责的表情让我对自己的"口出狂言"甚是后悔。

　　曾看书上说："胎宝宝会因陌生而感到害怕，所以妈妈要告诉她是怎么回事！"于是，我又拉起先生的手轻轻放在肚皮上慢声细语地说：

"宝宝不怕哦,这是爸爸在摸你,爸爸和妈妈一样很爱很爱你。"

生命就是如此神奇,当晚跟宝宝说了几次后似乎她已"适应"了来自爸爸的爱抚,她不再躲闪反而大胆地做起了游戏。在接下来的两周里我会不时地摸到宝宝,圆滚滚的像是头又像是屁股。我也常常幻想着,摸到的会是宝宝扁平的脊背亦或是小小的手臂、可爱的小脚丫,这些都足以让我感悟到生命前所未有的神奇。

次日清晨,胃中轻微的泛呕又把我从睡梦中唤醒,我正想起身,突然小腹猛地一紧,发现小腹的正下方又被宝宝顶起了一个小包,这许是跟着妈妈熟睡了一夜的宝宝在伸懒腰。

"咦,真的有哎!"先生在我的小声示意下轻摸上去,我的肚子却突然咕噜一下,好像鱼儿在游,即从中间游到右边,瞬间又在肚皮左侧顶起个包。

也许这种来自母女之间的情感交融只有我自己才懂,孩子正努力地用她全部的力量告诉我:"妈妈,我是你的宝宝,在你的身体里生活得很好。不久就要跟你见面啦。"

小宝宝似乎也逐渐开始体谅我,虽然呕吐依旧是我每天的"必修课",可每到心力交瘁时能得到肚子里小家伙的鼓励(哪怕是她轻轻地踢上一脚),也足以在一瞬间将我所有的辛苦熨平。

我摸着日渐隆起的肚子,感受着与宝宝血脉相通、心灵相犀的美妙一刻。这本是人间完整生命的正常轮回,就像女娲这位中国历史传说中的伟大母亲一样,她用抟土造人、造物的方法给死寂的世界重新制造了生气。

以前我也颇能理解如我一般打定主意的"丁克族",毕竟谁都不希望生活因添丁而遭到羁绊。自从成为准妈妈的那一刻,我也越发为她们"不知悔过"的思想而感到惋惜,也许她们永远无法体会到做妈妈的幸福,殊不知这是人生多么大的福报!

 **宝妈须知**

孕中期注意事项：

相比孕早期雌孕激素在体内不平稳所造成的各种不适，进入孕中期孕妈便可轻松享有短暂又幸福的时刻了。

1. 哪些现象会缓解？

随着孕吐反应消失，孕妈的食欲会有缓慢的上升，孕妈应尽快为胎宝宝的发育储存营养；嗜睡乏力的情况也有所改善，可在天气晴好时去野外郊游散心，为胎宝宝输送新鲜空气。(为避免意外，孕妈要随身携带"建档本"，以方便就医。)

2. 新状况不断出现？

随着月份的不断增大，发育中的胎宝宝会慢慢压迫孕妈妈的膀胱，孕妈妈会出现尿急、尿频的状况，对此您也无需尴尬苦恼，而是要及时排尿，以免"挤到"里面的胎宝宝。

进入孕中期后，宫高每周大约升高1厘米。有时会因子宫迅速增大而感到腹部有轻微的触痛，孕妈妈最好别穿高跟鞋和紧身衣，否则会影响胎儿健康。特别是在职的孕妈妈，切忌久坐、久站，以免下肢血液循环不畅造成浮肿或静脉曲张。

孕中期的胎宝宝，听力逐渐形成，能听到妈妈心脏跳动的声音，并通过胎动与母亲做回应。一般在22周以后胎儿便有了轻微的运动，与肠蠕动的区别在于，触动部位前者在下腹而后者居于上腹。胎动会随着胎儿月份增大而有不同变化，可能是拳打脚踢，也可能是上下翻滚。

美妈饮食碎碎念

孕中期的膳食应做到以下几点：

1. 避免挑食、偏食，防止微量元素的缺乏。

2. 做到荤素搭配、合理营养。

3. 把好食物质量及烹调关，切忌食用未煮熟的鱼、肉。

4. 适当增加米饭、馒头等主食及鱼、肉、蛋、奶、豆制品、花生、核桃等副食。

5. 多食粗粮，如小米、玉米、红薯等，可防止便秘。

6. 孕中期是胎儿骨骼发育的关键时期，孕妇对钙的需求量要增加40%。

06 胎宝宝是"小魔头"

辣妈心情故事

孕期日记,于我而言不仅是内心的一种慰藉,更是准妈妈对胎宝宝爱的絮语。待女儿18岁的那天,这些载有母子情深的文字记录会成为我送给她最好的"成人礼"。我相信女儿在感动之余,心中定会充斥着满满的正能量!

走过春节前后近一个月绵延不断的阴雨,三亚终于露出了久违的笑脸,热浪也在这个浪漫的海岛间肆意蔓延。随着月份不断增大,沉重的身体迫使我的呼吸变得越发急促。进入26周,我那隆起的腹部像个大球,涨得肚脐隐约向外突起,腹围明显比同孕龄的孕期女子大一圈。此时肥硕的腰身已然分不出哪里是腰、哪里是肚子,本人成了名副其实的"大肚婆"。

因为热,和我一般大腹便便的孕妇都很难入睡,即便大家担心得"空调病",空调也必是整晚都开着,可舒适的环境却未能让胎宝宝和我有一样的作息。往往在我入睡时她很安静,等我深夜入睡她又一遍遍地挥舞着"太极拳"把我踢醒,有时她甚至会折磨我整整一夜。特别在我平躺或右侧卧时,宝宝的"小动作"甚为明显,一会儿不断地拱我,一会儿又突突直跳,我睡眼惺忪地摸到肚子上像鹅卵石一样的硬块,揣摩该

辣妈孕事儿

是宝宝的脚丫在用力伸展。为使宝宝的呼吸不被我入睡后的体位压迫而缺氧，我只能整晚硬挺挺地维持左侧卧的睡姿，以致于第二天早上醒来身体还是僵直的……

从6个半月开始，我便乖乖地遵医嘱坚持每天数胎动，用手轻轻搭在肚皮上，能感觉她在里面运动。持之以恒地去数，方知宝宝每天的胎动并不一样，也使准妈妈心里能有个更好的计数。而宝宝一天之中的活动节奏也会随着母体的情绪调控而呈波浪走向。她有时好似特别喜动、有时又像是在偷懒。而我一旦感觉不到宝宝的运动，严重的焦虑感便会打心底窜起，担心地直拍打肚皮。

小家伙的胎动足以证明了我孕育生命的神奇和乐趣，自最初的"吹泡泡"再到抖动和拳打脚踢，循序渐进的变化也让我对她的"兴奋期"了如指掌。我开心时，宝宝似乎动得更加频繁；而我心情低落时，她又好似在分担妈妈的忧伤。最明显不过的是每日清晨，听到窗外清脆的鸟鸣声音，宝宝就会开心地在我肚子里上蹿下跳，像极了一只欢快的百灵鸟。不过和其他孕妇饥饿感来临前胎动频繁的状况相反，腹中的胎宝宝会在我进食后不断将肚皮拱出几个大包。"一到吃饭的点儿就高兴！"每每至此我都会不由自主地摸着肚皮抿嘴一笑，想必没有什么时候能比此刻更能显示出她"吃货"的潜质了吧。

而我严重的"害喜"和腹鼓如丘的肚型，也成为人们热议的话题，人们纷纷猜测胎宝宝的性别，似乎舆论的力量已决定了她的性别。

"看你的面相，怀的肯定是个男孩。"

"瞧这肚型，没准是个丫头哦。"

"按照出生月份，估计是个'带把的'"。几个掐指一算的半仙没事便围着我的肚子瞎转悠，神叨叨地像赌球一般。

对于这些，我全然不予理会，宝宝的性别无关紧要，只要她是聪明健康的就行。于我来讲，来了儿子是意料之中，来了女儿便是意外收获。

我反倒希望在天作之合的良辰吉年得一"龙女",那该是多么有福报的事啊。

不得不说,女人的第六感有时还是蛮准的。早在孕3个月时我便已从自己的脉象中获知一二:腹中是个女宝宝。这种笃定的把握来自于自己曾在妇科工作时的经验(我曾给很多孕妇摸过脉象)。

一路走下来,先生如我一样一直沉浸在美好的憧憬中,可谁又能想到,我和先生还在曾经的某一日为胎宝宝是男是女争论到面红耳赤。

"胡说,我昨天晚上还梦见你生了一个儿子呢!"他斩钉截铁的语气让我语塞,彼时我抚摸着肚子对宝宝采取了"离间术"。

"闺女,你听见了吧,爸爸在气妈妈哦,以后出来了先叫妈,知道不?"

歪倒在床头的准爸爸可不是省油的灯,他一股脑儿地从床上跳起来急于辩解。"是你妈不听话,我不好好教育她,以后你就是上梁不正下梁歪!"而每次,我和先生都是争论无果。

这年头,要个儿子没准老了就得冻得"光膀子",哪能比得上"小棉袄"的贴心呢!

记得怀孕初期,我就曾在日记里明志:"努力做一个优雅贤淑、健康美丽的孕妈妈。不剪男女莫辨的发型,进行合理的膳食,时刻保持积极向上的心态,只为完美地塑造一个淑女的你……"

 **宝妈须知**

数胎动的注意事项：

孕期不同，胎动的强度和计数也有区别。孕16～20周是刚能感知胎动的时期，胎儿运动量不大，动作幅度也不明显。自孕20～35周则为胎儿胎动最激烈的一段时间，孕妈妈能感觉到胎儿拳打脚踢、翻滚等大动作，甚至还会看到肚皮上突出的小手、小脚。建议孕妈妈在28周开始选择3次计数或1次计数来监测胎动。

1. 胎动的计数方法

每日在早、中、晚各数1小时，将结果乘以4便得出12小时的胎动。若12小时胎动小于10次或逐日下降50%而不能复原者，说明胎儿在宫内有异常情况应立即就医；1小时胎动次数为4次或超过4次，表示胎儿安适；少于3次应再数1小时，如仍少于3次，应立即就医。

2. 胎动的频率计数

两次胎动间需间隔5分钟左右，若连续出现两次以上的胎动，则只按一次计数。胎宝在翻滚的时候算一次，之后感知的一连串震动、抖动、跳动都算在这一次，直到下一次再感到翻滚为第二次，如此类推！胎动有两个高峰，一次是上午7～9点，一次是在晚上23点～1点（次日凌晨）。晚上20～22点活跃，其他时间相对平均，清晨胎动相对较少。胎动的次数并非恒定不变，在妊娠28～35周是胎动活跃的时期，38周以后稍减弱直至分娩。孕妇的运动、姿势、情绪以及强声、强光和触摸腹部等，都能引起胎动的变化。

3. 计胎动的准确时间

为方便计数应在每天选取固定时刻，例如早上起床前1小时、午睡前1小时或晚饭后1小时。大多数胎儿在妈妈用餐后活动较频繁，因为那时孕妇体内血糖含量增加，宝宝也"吃饱喝足"有力气伸展拳脚了。孕妇饿的时候体内血糖下降，宝宝没劲就比较老实，这也是胎儿的自我保护行为。

笔者建议孕妇在晚餐后慢慢在家走动30分钟，胃部无明显压迫感的时候，孕妈可提前5～10分钟轻轻躺下。平静好心情采取左侧卧位，要用枕头垫高头部（只要舒服和便于观察宝宝的运动就可以了）。由于平躺在孕晚期易压迫静动脉，不建议此姿势保持太长时间。

如何避免胎动异常？

1. 避免发烧感冒，体温若持续超过38℃，胎盘、子宫的血流量就会减少，小家伙也会变得安静许多。

2. 保持室内空气流通，适当进行有氧锻炼，增加血液循环。

3. 有妊高症的孕妇或高龄产妇，应定时到医院做检查，注意休息，不要过度劳累。

4. 孕妇应避免受到惊吓或让外界异常声音刺激腹中胎儿，此外，不能让腹部受到撞击。

5. 保持良好的心态，放松心情、控制情绪。

6. 去医院孕检时，注意配合医生观察有无胎儿脐带绕颈情况，好动的小家伙翻身打滚时一不小心被脐带缠住了，就会因缺氧而窒息。

胎儿互动小游戏：

这是笔者常和胎宝宝做的小游戏，如宝宝在踢妈妈时，妈妈可轻拍其他位置引导胎儿再踢别处。比如，宝宝在一个位置踢，妈妈就在不远处的一个地方轻拍肚皮，并柔声告诉宝宝踢这里。初玩时我感到十分惊喜，孕妈妈们可跟宝宝一起来玩玩这个游戏！

美妈饮食碎碎念

孕妈妈从怀孕开始，应该更加注意自己的饮食，让宝宝在你的肚子里面健康成长。建议少吃外面的快餐、烧烤、油炸食品；零食少吃，特别是糖分高的面包、蛋

辣妈孕事儿

糕和饼干类别吃；巧克力类食品在孕早期和孕中期别吃，临近预产期的时候可以少量吃（巧克力含有的热量有助于子宫收缩，前期不宜，后期佳品）。

值得一提的是，山楂也会引起子宫收缩，冷饮会令宝宝感到不舒服。

餐饮方面，建议有时间的孕妈妈少吃多餐、均衡营养。多吃粗粮及时令新鲜蔬菜。虽然辣椒也被列入孕期忌口的食物，但笔者自孕中期偶尔会吃一些，只要无上火、便秘等不良反应，可以偶尔过过嘴瘾。

07 得瑟病了吧,孕妈可得长点心

辣妈心情故事

步入孕6月以后,腹中的胎儿于我来说是个不小的负担:走路不再轻松,胃被顶得难受,如厕也变得吃力。

身体越发臃肿和笨重,从外表已看不出我原本清秀的样子,先生一语中的地概括为:"从知性女子一下变成了欧巴桑!"我真想再次伸出那对久经沙场的"白骨爪"把他挠成"土豆丝"。但冷静思索,未经历过体态巨变的女性,哪能深刻理解母性的伟大呢。

那日下午,连续两个小时的科室会议逐渐从开头严肃、中间平和向最后的轻松搞笑过渡。一票子人在侃侃而谈,却忽略了在一旁坐到尾椎骨僵麻的孕妇。若不是听到大家探讨次日去亚龙湾森林公园出游的话题,估计我早就抓狂了。听闻"亚龙湾出游"的消息,我便十分惦记那里美丽的风景,尤其是长长的吊桥和隐居山顶的鸟巢。此时打盹的我,把仅有的精力用在打探他们的闲扯上。

"你就算了,给你放假半天,等明年带着宝宝再和我们一起吧。"主任上下打量着我,露出一副鄙夷的神色。

"切,辣妈威武着呢,必须去!"被孕期折磨快七个月的我,早就期待着能有一场"说走就走的旅行"。

辣妈孕事儿

当天,门票加上缆车才38元,总算沾到了节日的光。浩浩荡荡的一队人分坐在几辆观光车里,任凭呼哧呼哧的风声在耳畔响起。循着蜿蜒曲折的盘山路,车子也在不停地高速旋转,我的心跳大起大落、身子摇摆不定。现在想来,对于即将步入孕晚期的我,该是一场多么"作死"的旅行啊!

"要来雨啦!"人群中不知是谁突然喊了一句,果然,天空中远处白云飘荡,一会儿便乌云压顶,还没来得及回神,倾盆大雨已顺势而下。

撑伞、拉遮阳布,刚刚还引吭高歌的人们一下变得慌乱起来,大家纷纷想办法如何避免淋雨,但在无窗、无门的游览车里,所做的一切都是无济于事。特别是我,在大家的保护下还是硬生生地被暴风骤雨拍成了"落汤鸡",寒风袭袭让我顿感鸡皮疙瘩抖了一地。

"司机快往山下开,我们不玩了,车里还有个孕妇。"在众人的要求下,同事们只好舍下半途美景,活生生地被暴雨拍下了山……

其实,我的体质状况还可以,可平时不怎么被病毒侵蚀的我,一旦被击倒便很难爬起来……

躺在床上,从起初的鼻腔不透气、微咳,再到周身酸痛和持续发热,我感觉头脑发懵、身心俱疲。我深知"病来如山倒,病去如抽丝"的道理,所以不敢有丝毫懈怠,我不停地喝水发汗排毒,可这并未停止病毒对我的侵蚀,到了晚上病情越发严重起来。

谁说女人是十个月的皇后,起码我是一天也未享受过这样的待遇。身为军人妻也早已让我习惯了这种聚少离多的无奈,想想十月怀胎的艰辛咬着牙便挺过去了,而我们在一起要走的路却是没有尽头的,只要他心里有我,我心里有他,这比任何恩宠都更能让我心花怒放。

记得在孕前就有人问我,"一个人的孕期可怎么过啊?"真是"皇上不急太监急",让我这孤苦伶仃的孩子颇为神伤,可每每至此我也只能淡然地回复一句:"按部就班地过呗。"

大半个孕期过去了，除了初期的嗜睡和孕吐外我并无他恙，有点小毛病，我这金刚不坏之身也多能克服，可这次感冒差不多耗尽我半条小命。被烧得迷迷糊糊的我时睡时醒，偶尔也会难受到捂住胸口，呢喃着对先生的不满。担心吃药对胎儿有影响，所以我一直猛喝热水，深夜半睡半醒中我还好几次被寒邪侵袭得瑟瑟发抖。

"起还是不起？"进行了一番思想斗争后，我硬是从被子里撑起来给自己煮了一碗姜汤。闻了闻味道，火候刚刚好，口感不冲却也没把姜的辛辣味完全熬完。我端着满满一碗姜汤又加了一点红糖，用小勺轻轻地搅了搅，糖很快就化了。

我趁着余热未尽硬是憋着气灌下姜汤，刚喝几口便开始有虚汗析出，我又大口喝了几口试图让更多的汗排出。我啜啜嘴巴一股辛辣味直戳咽喉，倒是浑身顿感火辣辣的。一碗姜汤、一身虚汗，就着体内刚刚散发的热量，我一股脑地钻进了被窝，片刻，翻滚的汗水已将我全身浸透，并在床上留下一圈汗渍（有肥硕的轮廓）。

睡到次日太阳晒到屁股，微微伸个懒腰，我感觉身子骨比昨晚轻快多了，瞬间有种死里逃生的感觉。打量着镜子里眼窝深陷、头发蓬乱的自己，这才真正地觉察到：自始自终我都是一个人在战斗，在最需要关怀的时候，我却要独自承受没有亲人陪伴的日子，一个人咽下所有苦水。即便虚弱得要命也要坚强地撑着，因为我不撑也没有办法，谁让我是个苦命的娃！

转眼到了医生预约的大排畸检查时间，没想到日子那么快，终于迎来了这一关！为了让宝宝运动幅度明显，我特意吃了一大块巧克力。等了个把小时才轮到我躺上诊疗床，越担心就越紧张，我眼睛直愣愣地盯着天花板，把手搭在心脏处，感觉里面噗咚噗咚跳得好快。医生拿着探头在我肚子上滑来滑去，时而压得紧、时而力度大，并飞快地录着数据。我心里则不断默念："闺女要乖哦，医生要看什么都给看哦！"

 辣妈孕事儿

"咦,怎么一点都不动,你吃午饭了吗?"这个超声检查算是有史以来最久的一次了,在我即将睡着的时候医生的话让我猛地惊醒。但想到第一次超声检查经历,我的心境反而平和了许多,只淡淡地回了医生一句"吃了"。

好在对方也没说什么,扔我两张草纸就算结束了。而我也第一次在显示屏上看到了宝宝的全貌,高耸的鼻梁和圆圆的脸庞……

 宝妈须知

孕期感冒注意事项:

孕早期是胚胎发育器官形成期,此时若患感冒可能会对胎儿有影响,用药更需谨慎;到了孕晚期,胎儿已接近成熟,抵抗风险的能力也大大增强。

当然,孕妈妈对感冒还是有戒备心理的,现笔者将自己的经验总结如下。(重感冒则需及时就医)

1. 多喝水:多喝温水、多排尿,通过体液将毒素排尽。孕妈妈在平时需多饮水,促进新陈代谢。

2. 喝姜汤:生姜祛寒温胃,感冒中的准妈妈可以在早上喝些红糖姜汤,临睡前再用姜水泡脚。据医书记载,生姜在晚上食用更易上火。

3. 多睡觉:充分的睡眠可以驱赶病毒,平时多注意休息也可避免感冒缠上你。

4. 多吃水果:感冒期间孕妇的胃口不佳,可适当通过水果补给流失的电解质和维生素等。况且一些水果还有缓解感冒不良症状的功效,比如梨子、苹果、柠檬、柚子和猕猴桃,可促进食欲。

5. 保持好心情：为让胎儿健康成长，出生后心态健康，孕妇应保持良好心情，即便感冒也是如此。有句话说得好："心情好，一切都美好。"

6. 避免服用药品：不管是中药还是西药，"是药三分毒"的道理大家都清楚，特别在孕期这一敏感时期。若是严重感冒应尽早去医院，避免乱服药。

孕期其他注意事项：

1. 多涂橄榄油

孕6月左右，孕妇可适当在腹部、大腿处涂抹橄榄油并轻微按摩（胎儿不断增长撑破皮肤纤维会给孕妇留下难看的妊娠纹）。

2. 慎选孕妇装

孕期着宽松的衣服固然重要，但没必要疯狂选购，孕妇装大都设计难看又价格不菲，过了孕期就成了"废品"。笔者在孕期多以宽松T恤为主，即便过了孕期也可做哺乳衣或睡衣，以免浪费。

3. 多做有氧运动

上班族的孕妈妈，可每日抽空到户外做些有氧运动，避免长时间待在空气不流通的室内。

4. 多听音乐

优美的音乐可以让人身心愉悦，何况肚子里还有小宝宝呢。听几次音乐后，孕妈们就会发现，每当音乐响起小宝宝便会在里面"翩翩起舞"哦。

5. 关于防辐射服

是否有用略去不表，笔者认为即便有效果也不过是心理作用。只要在孕期不接触超强的电磁辐射，如电磁炉、吹风筒或长期处在电脑机房，普通的家用电器辐射并不会对胎儿造成影响。

美妈饮食碎碎念

误区一：多喝骨头汤。喝骨头汤补钙的效果并不理想，骨钙不易溶解在汤中也不易被肠胃吸收，反而会让孕妇觉得油腻，引起不适。

误区二：不吃脂肪。脂肪对胎儿神经系统形成是必不可少的。如果在孕期的某个阶段胎儿缺乏本应得到的某种脂肪，在以后的时间里是无法弥补的。因此，孕妇不能吃素！

误区三：吃双倍食物。并不是准妈妈吃得多宝宝就健康。准妈妈多吃的部分很可能变成了自己身上的肥肉，而且宝宝也未必能吸收全部营养。

误区四：营养过剩。孕期加强营养是必须的，但摄入过多则无益。不但会加重身体负担，还会限制准妈妈的运动，致使抗病能力下降，造成分娩困难。

08 入院风波

辣妈心情故事

都说孕妇有"金刚护体",此"护身符"说的该是腹中的胎宝宝吧。

宝宝刚刚闯入我们的二人世界那会儿,在孕育的道路上,我如其他"零经验"的 80 后准妈妈一般在疑惑和慌乱中上路,纵然用尽十二分心思,也还是免不了和胎宝宝心有余悸地相处。而我所做的一切,无非就是期望能让宝宝健康地来到这个世界。

来到孕晚期,"超负荷"的承重越发让我感到不适,我要经常拖着疲惫的身躯参加名目繁多的孕检。特别是随着月份的增大,检查频率也在不断增加。从每月一次逐渐过渡到每月两次,再至孕晚期的每周一次或两次。也难怪同是孕妇,却常常被农村人嘲讽城里人"身子娇贵",若是生活在医疗资源匮乏的环境下,想必我也会懒得这么折腾了吧。

如期,周一的上午我又要去产检的医院"签到"了。

"从本周开始,你要定期做胎心监护。"依旧是那张老面孔,她顺手将检查单递在我的手上。

"这才刚 32 周就开始了么?"我安静地坐在老医生对面的凳子上,大脑里却快速掐算着时间。

"你想 34 周以后做胎监也可以,不过……你就不想听到宝宝的心

跳么?"

老医生欲言又止地吩咐我站起来,接着在我的肚子上按了几下,回想整个孕期焦灼的状态,我自然明白她话里的意思。无意之中我瞟了眼她那双指触如弹簧的手,即便已经微透着几颗老年斑,也依旧掩盖不住她这个高龄妇女少有的白皙。

"去吧,实时监测一下胎心总归是有好处的。"老医生嘟着嘴撇过脸向我示意着。

好在医院实行了"一卡通",在保证余额充足的情况下,只需医生轻轻一刷便免去了上上下下排队付款的劳顿。遵她的医嘱,我直奔胎心监护室。

再次回味胎宝宝的第一次心跳,我依旧是甜蜜涌上心头。我想那应该就是宝宝对父母热切关注她的回应吧。那一次,护士把一个连接着仪器的几个布圆片放在我的肚子上,不一会儿"嘭嘭"的声音就掷地有声地传过来。

"听到了么,这是宝宝的胎心哦。"小护士开心地和我分享着喜悦,我突感鼻子泛酸,从心底涌上的涓涓暖流直浸心尖,继而眼睛模糊。

产妇陆续进入,胎宝宝此起彼伏的心跳声也一直在楼道间回响,坐在诊室外安静等候的准爸爸们也频频向里面打探着喜讯。

不知何故,进入孕9月后,我却在接连两天的胎监中"不过关",即便是一天吸了两次氧,宝宝胎心依然在每分钟120次以下。

"怎么回事?小家伙宫内缺氧了么?"我心跳加速,拿着毛巾反复擦拭着那张悲苦的脸。

"你是不是憋尿了?还是早餐没吃好?"和我相对而坐的护士,一遍遍排除外界干扰。

"不会呀,我准备很充足的。"联想到近来胎动不明显加之自身呼吸困难,不祥感再度向我来袭。

"你去找医生做次 B 超吧！"我不声不响地跟着先生朝诊室走去……

由于那次事发突然，加之老医生在休事假，我只得极不情愿地把自己交给了诊室，接待我的是另外那位有一面之缘的年轻医生。许是怕承担责任，她一个劲儿地建议我住院观察。见我还在不停犹豫着，她便索性撂挑子不管了。

救护车一响，一头猪白养；医院一躺，黄金万两。担心自己会像被宰鸡那样杀光血汗钱，我还是不放心地咨询了之前那位老医生。

"如果你觉得不好，就先入院观察一日。"电话里传来她那清脆的嗓音……

看到先生皱紧的眉头，我拖着长尾音说："快点去办手续吧……"片刻，我又被安排在病房的最犄角，任凭头顶冷气嗖嗖地吹，硬是找不到遥控器！

"我要换病房！"我蹙着一对柳叶眉，朝对面换药的护士喊道。

"你就将就住吧，能混个床位就已经很不错了。"护士对这种不疼不痒的要求十分不屑。

"喏，新来的，又一个胎监不过关。"喊话的功夫，门锁啪嗒打开了，随行护士不以为然地对身旁的医生嘀咕着。

"才'36'+'3'天？"女医生有些诧异倒也没说什么，嘱咐我准备好入院用品。

"看来我闺女在里面有些着急咧。"先生撇撇嘴把我安顿好便回家取待产包了。想着不会有大事，我便叮嘱他次日一早再来。

我被安排在四人一间的病房，除其他三个新妈妈外，只有我一个"待产妇"，都是"过来人"也便有了可参与的话题。自认怂包的我，越是接近预产期，生产时的恐惧感就越发明显，如何选择分娩方式便成为我孕晚期最大的心结。刚由先生做了 N 天思想工作才树立起的顺产信心，

就被L姓产妇一口回绝了，坐在床边的我倚着被子长吁短叹。

"算了吧，瞧你那娇俏的样子就忍不了痛，我可是折腾了一天一夜才生出来的，接生婆把我撂在产床上根本不理死活。"她呲着一口四环素牙狠狠地说，我的毛孔也循着她声线的波动而不断舒张紧缩、舒张紧缩。

"剖宫产还不及顺产呢，你看看我的刀口现在还肿着呢。顺产是疼一下，我这个搞不好要疼一生哦。"见我们聊得火热，正要入睡的W姓产妇倒着苦水。说罢，她轻撩起上衣，我一眼便落在了她那如"蜈蚣腿"的刀口上，瞬间觉得眼神空洞，魂魄离身……

"哎，女人啊就是命苦。"Z姓母亲泪眼婆娑地抚摸着女儿熟睡的脸。据说，她也是顺产了一整天，费了老鼻子劲，还是在最后关头没挺住转为剖宫产了。

"我的神啊，生孩子就像选择题，选不好还会罪加一等啊！"那晚我忧心忡忡地躺在病床上，像受了极大的刺激久久不能入睡。

当然，影响我失眠的不止这些，还有来自三个新生宝宝不停的啼哭声，医生马不停蹄地查房，一小时一次的胎心监护，接二连三的挂水，还有各种焦虑和烦躁带来的失眠……怂包的我已被折磨到精神崩溃。

次日我便和先生诉苦祈求带我离开这里，我八爪鱼似地缠着他精壮的腰，好在先生一早便联系了住院部的某个熟人。

"其实没大问题，我帮你申请出院吧，产妇还是要静养。"卷发女医生和先生熟络地聊了几句便交代了"准备出院"的相关事宜，真心觉得这年头还是有熟人好办事啊。

"你不知道这一夜都被她们吓死了，现在还慌着神呢。"回到家，我一屁股歪坐在沙发上，尽量抚平躁动的情绪。

"那我呢，还不是大包小包地被你折腾着。"看到先生汗流浃背地往客厅里"卸货"，我破涕而笑……

经过那一夜的"入院风波"我反而不再纠结了。不禁想起报纸上一段话:"如果怕疼就别当妈妈。为了肚子里的孩子,做妈妈怎能不忍受痛苦?"

宝妈须知

为何要做胎心监护?

到了孕晚期,准妈妈就会被要求做胎心监护,这是一项重要的检查,绝对马虎不得。胎心监护仪透过孕妇的腹壁记录胎儿心率的变化,通过观察胎心变化与胎动和子宫的收缩关系,来判定胎儿在宫内是否健康。

何时做胎心监护?

正常妊娠从孕第 34～36 周开始每周做一次胎心监护,如有并发症可从孕 28～30 周开始。胎心异常多数代表胎儿在宫内有缺氧的症状,胎心异常越重意味着胎儿缺氧也越重,但并非所有的胎心异常都是缺氧引起的,应在医生的帮助下仔细排查。

如何做胎心监护?

一般在没有宫缩的情况下,胎心监护仪有探头放在孕妇腹部,观察胎儿安静和胎动时的心率变化。由于胎儿的醒/睡周期为 20～40 分钟,所以常规监护时间为 20 分钟。胎动时心率会上升,出现一个向上突起的曲线,胎动结束后会慢慢下降,若 20 分钟出现大于等于 2 次胎动并伴有胎心率的加速,胎心加速大于 15 次/分持续 15 秒,称为"NST 有反应",表示胎儿宫内状态良好,没有缺氧表现。

影响胎心的原因?

我的心得就是:宝宝睡着了不行,太兴奋也不行;妈妈不能饿着也不

能过饱,更不能劳累和憋尿。其实想想,从头到尾医生也没叮嘱什么注意事项,大家都在稀里糊涂地做,难免有的结果不如人意。第一个20分钟效果不好,可由护士推动胎儿、改变孕妇体位等做调整,若在复查中连续出现异常,轻则吸氧,重则入院。

医院常做的胎心监护叫NST,就是无干扰监测。监测机器直接打印检查结果,像心电图无文字说明。做完后监测医生根据结果打个综合评分。10分是满分,8分是万岁,8分以下白费。我那次入院,就因连续两次打了7分,所以才没被门诊医生放过……

美妈饮食碎碎念

晚期胎儿发育速度加快,母体需储备一定的营养素。准妈妈不仅要补充热量、蛋白质、铁、钙和维生素等,营养素的摄入也尤为重要。

由于子宫快速增长压迫胃部,准妈妈可减少食量,采取"少食多餐"的饮食方式,每日增至5餐以上。切勿大量进补,以免过度肥胖和巨大儿的出现(孕妇在怀孕期的体重增加不要超过15千克)。

另外,由于水果大多含糖量较高,而其脂肪、蛋白质含量却相对不足,因而过多摄入水果不仅容易造成妊娠糖尿病,也会影响宝宝的生长发育。

09 小夫妻胎教囧事、乐事私享会

辣妈心情故事

即将和宝宝见面了,我又开始怕临产的那一刻,每天都轻轻地揉捏着身体的每一个部位。在这初夏的风里,真怕不小心惊扰了她的美梦。

转瞬来到孕 36 周,应医生的要求,每日要尽可能地多做有氧运动,比如散步。

从医学角度解释,无非是为了让准妈妈给胎儿的躯体与前庭感觉系统提供自然的刺激,促进胎儿运动视觉功能的发育。可平日里就不喜运动的我,如今拖着近 140 斤的体重,更是一旦坐了下来便不想再抬起屁股。偶尔我才会在良心遭受谴责、自感亏欠宝宝的情况下,在饭后挪动一下步子。

但唯一让我持之以恒做的事是:从孕期我一直坚持下来的胎教。我和先生都曾受应试教育的毒害"死读书",也曾一度变成书呆子,所以不想让孩子继续走我们的老路、弯路,想通过胎教让宝宝从娘胎里切身地体会到父母对她的精神关爱。

想来想去,还是语言胎教容易些,信手拈来。比如没事陪她聊聊天、唠唠嗑,或开启女中音给宝宝念上几首唐诗宋词,读上一段寓言小故事等等。

那时,各种婴幼儿读物是我在孕期最愿意看的书籍。也许是母爱泛滥,一切与小宝宝相关的物件都会让我爱不释手。

"音乐盲"的我,原本对肖邦、莫扎特一知半解,但为了给腹中的宝宝启蒙,我也愿意花更多的时间和她在舒缓的音乐里一起感受音乐的魅力。听曲子的时候,我常常想象着宝宝的模样,轻轻地抚着肚子,感受着她的律动。或者,我也会悄悄地和她说话、唱歌,做最贴心的沟通,这时幸福感就会不由自主地从心底涌来。

形成了规律,每每到了固定的时候,肚子里的宝宝就会显得格外兴奋。许是我在胎教方面加足了马力,以致于现今刚满两岁的宝宝已经能提着稚嫩的嗓音自如地诵读《三字经》了。

从知道怀孕的那一刻起,"夜猫子"的我就改变了作息时间,每天晚上十点准时熄灯睡觉,不管睡着睡不着。我会抚摸着肚子,轻轻地哼着儿歌,告诉小宝宝"我们要睡觉觉了"。我把有规律的"生物钟"当成是最好的行为胎教。每每至此,宝宝在我体内出奇地安静。无论如何我都希望她是个好脾气的乖宝宝,别像我一样,点火就着。胎教常常被孕妈妈们所忽略。"没时间""不知和宝宝说什么""感觉太尴尬",这些冠冕堂皇的理由不过是给自己习惯性偷懒找借口罢了。想让孩子赢在起跑线上,当妈的自会心甘情愿地为她付出一切。

看花容易绣花难,记得第一次跟肚子里的小家伙说话时,我也曾羞涩地杵在沙发上难于启齿。我不时观察厨房里的动静,生怕此刻先生会突然出来,那种感觉如同走在马路上自言自语唱歌的人,要是突然被路人听到,他还用奇怪的眼神打量我,那该多尴尬。况且第一次和胎宝宝讲话,确实感觉突兀,也不知从何说起。经过一番激烈的思想挣扎,我还是硬着头皮翻开了《大灰狼与小红帽》的故事,并用娃娃音动情地饰演了好几个角色……

"哎呦,你这个女汉子要不要这么温柔嘛!"不知何时先生坐过来,他边说边敲打着飘落在手臂的面粉。他的话让我面部一阵发热,于是慌乱地将书扔在一边……

"你……你这个家伙过来怎么都不吭个声啊,害我吓了一跳。"我羞涩地看着先生,内心似有几百只兔子在狂舞,又忍不住扑哧地笑出声来。

"别害臊继续啊,看你讲得入神,我也跟你学学。"先生的话让我既紧张又矛盾,我感觉自己的猪腰子脸"唰"得一下红到脖子根,只好两只手不停地摆弄着自己的衣角。

僵持许久,我才从牙缝里慢慢地挤出了几个字:"呃……那个……宝宝啊,我是妈妈……妈妈很爱你,旁边的那个爸爸也很爱你……"话毕,便是我和先生的一阵狂笑。可能是笑得过于剧烈,我突然感到窒息,有点喘不过气来。

"你别光顾着偷艺啦,也给你闺女上一课吧。"我努努嘴朝他说,先生比我还要囧。

只见他对着我的肚子犹豫了半天,一句像样的话也没从嘴里蹦出来。过一会儿,他要么朝我的肚皮噗噗地吹着气,要么说些貌似警告的话,可脸上一直洋溢着幸福的微笑。

"算了,就算你想说,我闺女还不想听呢。"我用鄙夷的语气说着,先生听后脸上的肌肉一抽一抽的。

虽说一开始和肚子里的宝宝讲话会觉得很奇怪,很放不开,但连续讲了一两个星期之后,便会发觉这是一件充满乐趣的事。所以,在那些最难熬、最烦腻的待产时刻,我依然保持每日诵文的习惯。一字一句,都是为了期盼宝宝能有个更好的未来。

我并未将胎教看作是我一个人要完成的事,准爸爸也得主动参与!书上说,宝宝听妈妈平和、舒缓的声音能让她很有安全感,而爸爸低沉、有磁性的音调也会让胎儿感到愉悦。所以在往后的日子里,我也会有意

无意地为我家先生创造更多的"胎教"机会。

自孕 28 周起,宝宝的胎动越发活跃,在一周中为数不多的两晚,只要先生回家我都会拉着他的手摸向宝宝闹腾的位置说:"你闺女又踢我了,你和她好好聊聊呗。"慢慢地,先生习惯了父女之间这种神奇又默契的互动,也能和她进行很好的交流,我想,这也是给宝宝最好的胎教吧。

宝妈须知

如今年轻的父母之所以关注胎教,完全是出于对后代的责任感。正确合理的胎教有利于宝宝的健康发育,反之则会给宝宝的健康发育带来负面影响。

1. 胎教的时间

一般胎教可以从怀孕 5~6 个月开始,宝宝此时有了听觉,可以放一些舒缓的轻音乐,每天早晚各一次,每次 15~20 分钟,能让宝宝心情舒缓。(音乐最好是每日固定播放曲目,以增强宝宝的记忆力。)

2. 胎教的种类

(1)音乐胎教:通过音乐刺激,使胎儿心律平稳并对大脑发育进行良好的刺激。(建议钢琴曲或轻音乐)

(2)语言胎教:父母通过与胎儿的对话,使其接受语言信息,刺激胎儿大脑的生长和发育。

(3)抚摸胎教:通过抚摸胎儿,使胎儿的肢体感受到刺激,并形成良好的反应与互动。(孕晚期慎用,避免子宫收缩引发早产)

(4)艺术胎教:孕妈通过一些艺术类练习,如书法、绘画等,在潜移默化中开启胎儿的天赋。

（5）光照胎教：给予胎儿一定的光照刺激，以促进胎儿视网膜光感细胞的功能发育。

3.胎教注意事项

孕妇情绪稳定有利于胎儿出生后良好性格的养成，否则母体大喜大悲、情绪失控，会对胎儿脑部发育产生危害。

创造健康的语言环境。语音、语速适中，不说脏话或大声地训话，以免引发胎儿烦躁不安的情绪。

不要急于求成，孕妈妈应在心气平和、态度端正的前提下进行胎教，此过程需要孕妈有足够的毅力和耐心。

美妈饮食碎碎念

随着生活水平的提高，我们的饮食也越来越精细化，粗粮正逐渐被细粮所代替，一些高糖饮食正在不知不觉地流向餐桌。

人们的饮食结构越来越精细，摄入的细粮越来越多，其中的糖分摄入也越来越多。若是孕妇体内摄入过多的糖，则会对胎儿眼睛的发育不利。

营养专家一般将食物分为高糖、低糖和无糖食物三大类。其中，含糖量较高的食物主要包括食用糖和各种谷物；低糖食物主要包括蔬菜、水果和肉类；无糖食物主要包括各种食用植物油。因此，孕妈应该拒绝以下高糖食物：

精制糖及各种甜食。其中包括红塘、白糖、蜂蜜、葡萄糖等精制糖，以及各种糕点、罐头、果酱、冰激凌等。

高淀粉食物。淀粉是葡萄糖的高聚体，很容易分解成糖分，是人体糖分的主要来源之一。所以，孕妇也应该注意少吃高淀粉含量的食物，如土豆、粉条、红小豆、

绿豆、山药、藕、芋头、胡萝卜、洋葱、蒜苗、肥肉、动物性油脂以及蛋黄、肾、肝、肚等动物内脏等。这样可以避免孕妈妈在孕晚期变成"糖妈妈",致使体重增长过快,加大生产负担。

第三季：

"神经质"妈妈的苦与乐

孕妈抑郁的罪魁祸首

待产包里都有些什么东西

鸡肋用品慎买

胎儿"入盆"了没

宫缩开始了吗

羊水破了吗

什么时候准备入院呢

孕妈饮食碎碎念

10 产前抑郁不容小觑

辣妈心情故事

人算不如天算,曾经有个算命的人对我说,我的事业和家庭是有冲突的,此消彼长。其实那时的我并不清楚这两者之间的微妙关系,但那段日子"神算子"的话依然让我静不下心来。

一天,我正走着,路过学校外墙时遇到一个老头,他招了招那锅盔似的黑手道"小同学,我给你算一卦……"无聊生祸患,想着离上课还早,我便抱着"闲着也是闲着"的心态蹲在老头的对面,有一搭没一搭地跟他逗着嘴皮子。

"你会算点啥啊?要是能把我名字的一个字猜出来,就给你两块钱!"摸透了满大街这种打着"不说话猜你姓"的骗人幌子,我知道他又要来老一套。

我一脸质疑,白了一眼"半仙"左手道袍里写有"算卦两元"的牌子,只见那四个字左低右高,往上面斜得厉害。字如其人,想必他也不会算出什么"高大上"的东西来。

这个老姜一样的"半仙",却装模做样地看着我摇摇头:"那才是江湖骗子的把戏,而我,是一个神算子!"

随即,"神算子"装神弄鬼地问着我的八字(连我自己都不知道,

辣妈孕事儿

随便报给他一个），他左右翻看我的两只手掌，不停地喃喃自语。

"你以后婚姻和事业肯定得有一个不顺啊！"片刻，这个头戴紫阳巾，身穿八卦衣的"神算子"，捋着他那绺山羊伯伯似的胡须若有所思地朝着我撇了撇嘴。

那时的我对前途还是充满自信的，可是被"神算子"这样一说，便觉得来气，于是扯起书包一溜烟地跑开了。走的时候，我只丢下一句："你这老头真不会说话，我以后好着呢，倒是你自己该好好算算了！"

如今想想那个"神算子"的话好像也有点道理。在职场上，但凡自己稍被领导器重或工作渐有起色时，便会在去与留中做出选择。先是因为爱情忍痛辞职，被先生带到了祖国最南端的边陲城市，后又因怀孕生子一次次地游走于辞职和再就业之间。毕竟女人结婚生子，总要和自己的事业分开一段时间。若不是上次受了"乌龙早产"的惊吓，科主任也是不舍得放我走的。

"小卓，等宝宝大一些欢迎你随时回来。"我办好辞职手续的那一刻，科主任语重心长地给我分析产后的就业形势，并不断激励我重返职场。

只是他的那一番话，并未让我燃起希望，倒是有一种不安全的感觉袭来。我想象着以后的生活，宝宝过了三岁以后，我顶着年龄的压力"重出江湖"？还是一直过着洗衣、做汤羹、相夫教子的生活？

人生像极了心电图，不同的时期轨迹亦不同。当然让所有的人都辞职回家照顾宝宝，显然不是社会的进步，打心底里，我还是不太想做那个拖累社会的人。

"姑娘，你这症状和产前抑郁很相似，要注意调整哦。"进入孕晚期以后，每天宅在家里的我，突然有种想哭的冲动，心里乱糟糟的，整个人怨气丛生、精疲力竭。

距上次出院没几天，即将临产的我精神上又出现了小问题。

也不知是哪类激素分泌过剩，虽说我和宝宝的状态看起来都很好，但自己的心却因为得不到亲人的关怀而变得越发脆弱。

整个孕期里,先生几天摸不到个人影,我的诉求得不到满足。怀孕后,婆家人一个电话也没有。我一个人照顾自己的饮食起居,偶尔心情抑郁时,又没有人可以交流。独自窝在家里,我只好借助电脑打发时光,而网络也成了我获取孕期知识的重要渠道。看得多了,我也会忍不住胡思乱想,猜想久了,心理问题也就出来了。那段时间,我担心最多的便是:

宝宝出生的时候,会不会缺只胳膊少条腿?

胎动不明显时,怀疑她是不是还健康地活着?

独自一人在家时,宝宝会不会突然生出来?

自己能不能承受得了生产时的痛?

宝宝会不会因产程长而大脑缺氧?

……

特别是我看到网友们吐槽的各种妊娠综合征时,心跳就越发快,心里像打鼓一样。我常常疑神疑鬼地拿自己目前的症状和网上罗列的症状对比,如此自己便越发紧张了,三天两头跑到医院要求医生给我进行各种检查。都说女人十月怀胎是做了十个月的皇后,但谁又知道"皇后"的艰辛呢?

自从经历了孕早期的大喜大悲,我的心情一直难以平静。听人讲电脑、手机、各种家用电器的辐射会影响胎宝宝发育,我一溜烟地跑去商场,眼睛都没眨就提回了两条防辐射服。一件肚兜贴身,一件罩在衣服外面。至今,先生偶尔想起吊牌上的"土豪"价格,还会掐着我的胳膊喊着肉疼。

脑残孕妇年年有,奇葩孕事特别多,一茬接一茬。好似刚刚按下去一个,又有新的跟上来。

某日浏览网页,碰到专家说,孕妇洗澡时水温高于 $50℃$,便会使胎儿畸形。接着又有孕妇说,因过多贪吃涮羊肉生了兔唇宝宝。虽说最

怕看到这种虐心的新闻,但是每次又忍不住想去看。看完了,我又突然想到有几次自己去外面用餐,用电磁炉吃火锅的经历。这岂不是罪加一等?想着想着,心里就像吊着十五个水桶一样,七上八下的。说好不让自己对号入座,结果又"躺枪"了。

不得不说,人有时一旦钻进了牛角尖,想再钻出来都难。

"你别上网了,整天神经兮兮的,我都跟着崩溃了。"有段时间,因自己的"玻璃心"得不到一点正能量,先生一气之下拔掉了家里的网线。那该是距宝宝出生前,唯一一个比较"消停"的周末吧。

先生其实是很体贴的,整个孕期只要他没有任务执行,下了班便会往家跑,然后帮我收拾屋子,洗洗涮涮,即使在周末也闲不下来。

多年的军营生活让先生有了很好的生物钟,早上6点铁定起床,终究是没有丢中国军人的脸面。然后他和上了年纪的大爷、大妈们赶着最早一班公交去市场给我挑选最新鲜的食材。听他回来讲,有几次差点被几个老太太强行应召为女婿,若不是自己果断抖落出钱包里一张我们的婚纱照,恐怕连车都下不来了。那份自恋的表情,有一种超凡脱俗、鹤立鸡群的感觉。

可能我这样说,很多人会说我脑子有病。好吧,我承认,对于一个无比重视宝宝健康的二货孕妈妈来说,有病也不是什么大事。

做梦对一个正常人来说是必不可少的,而且愉悦的梦境还会给人带来轻松的心情。若做的是噩梦,同样会给人带来不必要的烦恼和痛苦。对于孕晚期的我来说,做噩梦更是雪上加霜。

"老婆你自己在家要小心点啊,小×他媳妇儿昨天洗澡时摔了一跤,就早产了。"小×是先生的战友,与家属常年两地分居,因和先生同为"奶爸",两人便有了许多共同语言。

本来我们的预产期也是脚前脚后,却因孕妈一个不小心提前把宝宝"摔"出来了,给小×来个措手不及,连夜坐飞机火速奔回了老家。

其实先生也一直在纠结要不要将此事告知于我，唯恐善心变恶意。结果，他还是因为对我一万个不放心，说漏了嘴。果不其然，先生善意的提醒，又打破了我刚刚平复的生活节奏。

也许离生产的日子越近，就越担心宝宝。

当晚，我便梦到自己在洗澡时也摔了一跤，并不断地涌出血，捂都捂不住。我浑身鲜血淋漓地躺在血泊里，大叫了许久都没人理。没一会儿，我感觉自己浑身冰凉，想继续大叫却怎么也喊不出来了……

这个让我寒到心底的梦，把我吓到满眼都是泪，我大口喘着气，任由豆大的汗珠在额头上划过。惊醒后的我，下意识地去摸了摸完好无损的肚子，才知是个噩梦而已，便又慢慢把头埋在了被子里。

梦境过于恐怖和血腥，待天空泛起了鱼肚白时，我才慢慢睡着。没想到次日醒来，我的两只眼睛通红，上下眼泡又肿又大，像足了一只闪闪发亮的猪尿泡。

都说母子连心，我高低起伏的情绪也让宝宝再次受到了影响，一直非常稳定的孕检结果，又出现了异常。检查结果是：疑似脐带绕颈一周！

"大夫，之前检查不是没有绕颈么？宝宝会不会缺氧啊？"老医生的话让我心头一震，感觉血逆流而上，我的两只手紧紧攥着，一遍遍地向她发问，有汗不断地析出。

"没事的，有的宝宝绕了五六圈呢，她也可能会自己转出来。其实宝宝比我们想象得坚强多了，倒是你，精神别太紧张了。"老医生轻拍我的肩膀，让我放宽心。

目睹了整个孕期里超级"神经质"的我，的确把一大把年纪的她雷得外焦里嫩。

不得不说，在孕育宝宝的280天，我的人生有了重大的改变。这种改变，没有经历是永远猜测不到的。值得庆幸的是，虽然遇到了种种困

难,但是最终我都挺了过来。

我相信,不管在孕育的过程中会遇到多少险阻,只要能够——战胜,那就是成功!那就是"幸孕"!

 **宝妈须知**

一般而言,患有产前抑郁症的,多以第一胎的初产妇为主。由于自己在育儿初期无经验可寻,又不了解孕育方面的相关常识,时间一久,就引发了各种心理疾病。

抑郁的罪魁祸首有哪些?

1. 网络的负能量。如笔者一般,许多80后或90后的年轻孕妈,都喜欢在网络的一些论坛猎取孕育知识。特别是看到个别孕妇分享的极具负能量的帖子,或其他与孕期相关的不健康的报道,都会影响孕妇的心理,内心不免过于焦虑。

2. 担心宝宝健康。虽说每个月都会配合医生做好各种检查,但某些胎儿存在的健康问题并不能及时查出。特别是犯过孕期"大忌"的产妇,更会为此焦虑。

3. 胎儿性别的顾虑。宝宝的降生能给一个家庭带来快乐,也能使一个家庭走向灭亡。受传统思想束缚的孕妇,若婆家人"重男轻女"也会给自己带来很大的压力。轻则再等一次机会,重则婚姻不保。

4. 宅出来的窝心病。终日宅在家里,大门不出二门不迈,注意力便会集中到消极的人和事上,加重焦虑。

5. 对未来充满渺茫。因怀孕而辞退工作,原先充实的生活状态、明确的生活目标一下子就没了,人也变得很空虚,不做事情就东猜西想,猜想久了心理问题也就出来了。

有抑郁,要宣泄。以宝宝的健康为首要,多走、多看、多沟通,及时宣泄负面情绪,避免积郁成疾。

美妈饮食碎碎念

1. 葡萄干：葡萄糖营养心肌，可缓解神经衰弱导致的疲劳。
2. 蜂蜜：缓解孕晚期便秘。
3. 牛肉：促进胎儿骨骼和毛发的发育。
4. 巧克力：舒缓抑郁情绪。

同时，孕晚期的孕妈也要控制高糖、高盐、高钙的摄入量，避免引起其他孕期综合征及巨大儿的苦恼。

11 待产期的那些事儿

辣妈心情故事

孕期的生活如穿过桥底的河水，不管苦还是乐，都要向前缓缓流淌。

有些人就像太阳，身上散发着光芒与希望。为了避免一个人闷在家里胡思乱想，先生也按原计划提前大半个月休假了。整个孕期难得被他这么鞍前马后地伺候着，我阴沉沉的苦瓜脸多云转晴，死气沉沉的家里又活跃了起来。

临近预产期，各种繁琐的产检项目更多了，赶早不赶晚，我每天一大早就被先生从被窝里硬拽起来。揣着个十来斤重的大肉球，身子骨越发疲软的我极其不情愿。

"起来了，起来了，去晚了又得排队折腾一上午。"先生和我风风火火的性格正相反，他本是个十足的慢调子，若不是赶上我身体有恙，我这个活兔子又怎会被他的"乌龟跑"给甩在后头。

我们到了候诊室，前面已经洋洋洒洒排了十几个孕妇了，一路紧赶慢赶还是被硬生生地甩在了队尾，等了个把小时终于轮到了我。

"姑娘，你得节食啦，要不等你生完，这摊肉恐怕收不回去咯。"老医生笑呵呵地拍着我圆滚滚的肚子，她飞速地在手册里写好腹围和宫高。

看着体重蹭蹭上涨的数字，我窃喜，根本没顾及她对我的忠告。"卸

货"之后,我才大彻大悟,"乐极生悲"这四个字用在我身上太贴切不过了。以至于生完宝宝大半年,我的肚子还跟怀个二胎似的。好在我生得一副小骨架,只有夏天的时候,才会不小心露出自己身材的短板。

"大夫,我耻骨痛。"接过老医生递过来的本子,我的两只手下意识地指了指下面的位置。

"吃骨头?还是少吃点吧,脂肪摄入太多对产妇可不好的哦。"原来专家的脑子也有短路的时候呐,我扑哧一下乐了起来,又矫正她一遍。

"孕晚期胎头压迫会有点痛,少走动,只要疼得不厉害就没事啦。"我们的谈话引来后面几个孕妇的张望,她们不停地嘀咕着:"看人家都知道耻骨在哪。"

好在整个孕期,我并没有出现严重的水肿。常常看到一些手脚肿到皮肤紧绷的孕妇,感觉用针一扎就能冒出水来,生怕自己会步此后尘。或许和我每天坚持散步有关吧,只是腹围的增长速度着实惊人。我葫芦似的身形也一直被先生故作讥讽的口吻刺激着,原话是:"人没进来肚子先挺出来了,人走出去了屁股还在屋里撅着呢。"

待产的日子是枯燥的,担心随时都有生的可能,我被圈在家里不敢轻举妄动,只有在整理待产包的时候,心情才能舒畅些。我看着七七八八的婴儿物品发着呆,一遍遍在脑子里猜想宝宝的样子,再轻轻地将这些可爱的物什贴在心口,那个滋味美呆了……

话说在准备待产包时,一向走在时尚前沿的我,还是理智了许多。我没有像其他准妈妈那样,但凡想到的东西就必须买。只是依靠一个过来的朋友发给我的待产清单,便能全部搞定,省时又省银子。我只需将品牌交代好,先生自会在某宝上不废吹灰之力全都置办齐了。

"你把小垫子缝了吧,再拖可就来不及啦。"某个下午,我撇过头喊着先生,随即倚靠在沙发上翘着二郎腿,悠哉悠哉地啃起了苹果。

在一年四季热到爆的三亚,宝宝的铺盖无需准备太多,抛开之前买的包被，仅象征性地再做几个小垫子即可。这本是双方老人有心操办的，但我们没这好福气啊，便只好自力更生！

　　对于针线活，我终究不在行。有句话说得好："在部队里要什么都会做，除了生孩子，女同志能做的，男人也要学会做。"好在先生的技术扔进部队里回了炉，我便不担心了。

　　先生铺开被剪裁好的床单，码入折好的方块毛巾被，麻利地穿针引线，手指上还套着一个叫"顶针"的铁家伙，非常神奇。他轻轻一顶，针就穿过了厚实的被子。简单极了！细密的针脚像极了他心细如尘的秉性，怎么看我和他都像是两个空间里的人。

　　"兜妹，为娘为你有这样的好爸爸而感到幸福啊！"先生就是有一种天生让人亲近的魔力，可亲，可以信任。

　　提及待产包，不得不再抖抖我曲折了"半个世纪"才拿到手的准生证。办准生证就好比打通关，一路过五关斩六将，绝对考验人的耐性。

　　地球人都知道，军队的计划生育一直走在全社会的前列，早在孕3月，办理准生证就被提上了议程。因我的户籍所在地还在东北老家，这就更麻烦了。准备好夫妻两个人的身份证明、单位盖章、骑缝章、户口本（原件、复印件）、身份证（原件、复印件），双人2寸照片，办理准生证的事宜就得靠先生用一根电话线和那边交流了。

　　"俺们这早就不办了，小伙子你们只管生就行啊。"听筒那端操着一口东北腔的女职员反复强调着。

　　"可部队就要这个啊，能不能麻烦你单独给我开一个呢？"不到黄河心不死，先生和她在电话里死命周旋了数次，依然无果！只能向上级和盘托出。结果军令如山，负责计划生育的女干事则一口咬定"必须要"，根本就不松口。不得不说，这个"军令"像极了晴天里突然蹦出个雷震子。

　　"你咋不提前办好啊？搞得这么着急！"时间又一溜烟地过去了三个月，准生证依然无着落，担心宝宝被黑户，我冲着先生埋怨。

辣妈孕事儿

"谁知道咱俩啥时点炮，开出三个月不用就作废了。"不怎么发怒的先生，猛然间露出狰狞的表情，把我笑颤了。

好在先生据理力争，坚持不懈地在电话里与老家省市级计生办、区计生办一级级协商下来，最后由街道办开具了一纸证明——准生证才在紧要关头千呼万唤始出来。

这个结果对急到"脚打后脑勺"的我们，无疑是个惊天大逆转。当拿到准生证的那一刻，我好想拉着先生就地打个圈啊。

来点音乐吧，Come on！ Baby……

宝妈须知

待产包里要有哪些东西？

身边好多朋友都当上了准妈妈，自己又是过来人，所以有很多"小白"向我打听待产包的准备事宜。回忆起来，突然觉得这个话题很有必要跟大家一起分享，一起总结，哪些物品是待产必备的，哪些又是鸡肋。不够全面欢迎拍砖！

1. 贴身包（证件包）

如准生证（办出生证明）、身份证和复印件、围产手册、医保手册（住院报销），相关证件必须要办理和携带齐全，宝宝出生后要凭借准生证办理新生儿出生证明，并涉及入户的事宜。

2. 妈咪包（产妇用品）

（1）长袖哺乳衣：也可在月子期间替代睡衣，更便于哺乳。倘若入院时，医院没有配备病号服，宝妈们可备两套。

（2）袜子：俗话说"生前一团火，生后一盆冰"。棉袜子必不可少，我刚生完宝宝后，感觉最明显的就是两只脚冻得像坨冰。若是不想落下月子病，就备几双吧。

（3）内裤数条：可准备一次性内裤或纯棉内裤，产后恶露需勤换洗。

（4）帽子：不需要特意准备月子帽，出了月子后，这就是十足的"鸡肋用品"了。我也不过是在出院的途中，戴了一顶太阳帽。

（5）个人洗漱用品：产后不能急于刷牙、洗澡、洗头，洗发、沐浴的东西可以不带入医院，产妇只需带着毛巾和衣架即可。月子里，以上用品可适度使用，牙刷尽量选用软毛的产妇专用牙刷。

（6）吸管：对于产后虚弱到张嘴喝水、喝汤都吃力的产妇来说，吸管绝对是个神器。

（7）螺纹卫生纸：纸质相对粗糙，很大的一卷，产妇专用的必备物品之一。医院的价格是母婴店的N倍，建议提前备好10卷以上。出院后，使用频率不太高。

（8）卫生巾和成人隔尿垫：产后前一周，由于恶露量多，最好选用"妈咪巾"，量少后可换其他品牌的夜用卫生巾。也可准备一些成人用的一次性隔尿垫，避免将床单弄脏。

3. 宝宝用品

（1）包被：2～3条，准妈妈在生产时可带入产房一条，一般医生会有此要求。

（2）新生儿衣服、袜子：新生儿排泄次数频繁，可多备几条裤子。月子里，妈咪尽量不要选用连体衣，避免换洗时让宝宝着凉。

（3）睡袋和外套：可根据当地季节需要，自行配置。

（4）婴儿日常用品：小面巾，婴儿浴巾，纸巾和湿巾也必不可少。这里本人不建议用湿巾给宝宝擦拭屁股，婴儿的皮肤娇嫩，湿巾中的成分或多或少会刺激宝宝皮肤。宝宝大小便后可用清水简单清洗，这一点我一直保持到宝宝2周岁，宝宝基本没有得过"红屁屁"，反而身边常用湿巾擦拭的宝宝，患"红屁屁"的几率要稍高一些。

（5）纸尿裤、尿布：可根据使用习惯配备齐全。

（6）婴儿按摩油：可配备一瓶，用于新生儿抚触，起到滋润皮肤的作用。

（7）婴儿哺乳工具：如奶瓶、水杯和小勺。另外，喂奶粉的宝宝尽量选用宽口径奶瓶，瓶口大方便倒奶粉。由于新生宝宝每日哺乳次数频繁，应多备几只。并在使用前用专用小锅煮沸水洗烫干净，避免交叉感染。

鸡肋用品慎重购买

我虽平时大手大脚，但在准备宝宝用品时，还是相对理性的，加之采纳了周边新妈妈的建议，所以一些上榜率极高的"鸡肋用品"，我在选购时也较为慎重，比如：

1. 婴儿床：之前我也想学习国外育儿的经验，从小培养宝宝独立入睡的习惯。可看到论坛上很多妈妈购买后，都束之高阁，便也作罢。事实证明，这种建议也不是不无道理的。母乳喂养的宝宝，最好和妈妈一起睡，既方便夜里喂奶，也能给新生宝宝带来安全感。

2. 游泳池：新生儿游泳可促进肺活量，不少妈妈会选择去游泳馆，也有一些"洁癖"的妈妈会自行购买游泳池，但事实证明，这种方式不但干净不到哪里去，还十足地费水费电。就比如我，用了两次便送人了。

12 此致，孕时光

辣妈心情故事

这些日子，我的身体发生了很大的变化，也是在这段时光里，我享受着一生中最幸福的280天。

就在兜妈翘首以待等着升级时，肚子里的小家伙却千呼万唤不出来，成了"留级生"。急于"卸货"的兜妈，既满心期待又无聊得很。

"都没入盆住进来也没用，还占着床位。"预产期那天，老医生让我稍安勿躁，回家静候。

"你就收了我吧，在走廊支个铺子也行，万一在家生出来可咋办呢？"兜妈一改脸上的拧巴，笑意吟吟地祈求着。

"没那么可怕，快回家吧，等腹痛了再来。"兜妈提着待产包站在走廊过道上，又硬生生地被医生劝了回去。

有人会好奇，这篇中出镜率甚高的兜妈是何许人也？当然是鬼马精灵、母爱泛滥的我啦，这还得从宝宝取名说起呢。

自从知道自己怀上之后，给肚里的宝宝取名便成了一件特大的事儿。为了这个刚播下的种，我和先生可谓集思广益，争执了许久。

没事拿着字典翻来翻去，要找个好听的词；抱着古诗念来念去，想抠个有内涵的字；一会儿又"百度"一下怎么取名；一会儿又去八卦某

个名字的八字。结果,都赶在宝宝出生的节骨眼了,宝宝的官名仍是一个未知数。

"连生辰八字都不知道怎么取啊?"先生默认的好名字标准是:五行平衡、五格俱佳、读音通畅、寓意美好,还能表达父母亲的祝福和心愿。先生怕随意取的名字,误了他家妹子以后的前程。然后他念出了很多关于谐音和生肖的注意事项,搞得我的脑袋一团浆糊。

好在合计半天,一个高端大气上档次、低调奢华有内涵、奔放洋气有深度、狂拽炫酷屌炸天的小名横空出世,这便是随了那只右眼上有个胎记的麦兜小猪。原因是我属猪,又常因看麦兜而笑到肚子疼,在征求宝宝意见被她踢了几脚后,我和先生一拍即合。

"麦兜!麦兜!"先生闭着眼睛,反复呢喃了好几次,脸上洋溢着的幸福感把房间里的空气都染得甜蜜蜜的。

从那以后,我和先生便自诩为兜爸、兜妈了。

"大夫,我能入院了吗?宝宝没缺氧吧?"预产期过了2天,我就像怀里揣了个拧开盖的手榴弹般,再也坐不住了,在医生的建议下做了个超声,我心里才安生了些。

"没啥异常,胎盘无钙化,羊水也浑浊,只是脐带绕颈两周。"很想被医院收留的我,又被医生二话不说地打发回去了。

"啥?脐带都绕了两周啦?"许是过于紧张,我错把此话误解为:宝宝的脖子被脐带缠着快半个月了。

"是绕了两圈吧。"好在兜爸冷静,沉稳的口气让脑神经短路的我顿悟。

经历了一波三折的孕期,在预产期的第四天,慢性子的小人终于有动静了。一大早再次被医生劝退后,我失望极了。

为加速入盆,兜爸牵着我在医院附近的商场逛了整整一天。反倒是我这个购物狂却一点心思都没有,只想宝宝快点出来,可别我走着走着她"咣唧"一下掉地上。

晚上6点,我和兜爸踏着夕阳的余辉到家了,之前我一直有个习惯,就是从外面回家后先跑进卫生间洗澡,而那天实在是累到不行,便一头栽倒在沙发上睡着了。待醒来时,兜爸已经把饭煮好端在我的跟前,我睡眼惺忪地看了下表,都快8:30了。

"哇,小炒肉。"跟辣椒隔离了10个月之久的我兴奋不已。

"知道你好这口,快吃吧,算是催生饭。"兜爸边说边往嘴里猛扒拉着。

"啊,不好啦,流东西了。"我才挑着辣椒没吃几口,就感觉一股热腾腾的液体从下体流了出来。我猛的一吼,吃得正酣的兜爸被饭噎得半天说不出话来,谁知等了好半天我的身体又没动静了。

"快吃,马上去医院。"兜爸扒饭的动作十分着急,而我也端着碗佯装镇静地大肆吞咽着。

"不行啦,又流了一堆。"我撂下碗筷抬起身,发现屁股底下湿乎乎的一片,还夹杂着带血丝的黄色液体,我第一感觉就是羊水破了,吓得我马上躺到地上,怕宝宝突然掉出来将脐带扯断,那一刻,我的眼泪像泄了闸门的洪水,涌个不停。

"宝宝你一定要没事啊,妈妈这就去医院。"先生这下也慌乱了,我还算清醒地喊他拨通了120。

"不行,咱产检的地方不是跟他们合作的定点医院,人家不接。"兜爸焦急地站在原地打转。

"要是宝宝有事,我让你们好看。"连气带吓,搞得我眉眼都揪成了一团。

先生又连续拨打了几个电话叫出租车,无奈对方一直占线,无法接通。好在认识此前帮我申请出院的卷发女医生,便让她帮忙找到一个当的士司机的朋友,在千钧一发之际,车子赶到了我家的楼下。兜爸啊,

辣妈孕事儿

等你考出驾照的那一天,人家都去开飞机啦。

被惊吓掉半条命的怂包,只得躺在地上隐隐抽泣,之后我低垂着嗓音向观音菩萨念经,保佑我们母女平安无事。

那一晚,英勇神武的兜爸,前前后后一个人忙得火急火燎。兜爸先是将待产包放进车里,再赶回来接我。想着抱起145斤的我,等电梯是个不小的挑战,兜爸慌忙地从步梯跑上来,特意将电梯按在了我家所在的楼层。谁知抱着我这个庞然大物好不容易挪到了电梯口,电梯却刚巧被人家按去了3楼,等了好一阵才下来。我死死抱着兜爸健硕的腰身,感觉被汗渍浸湿了的后衣襟能拧出大把的水来。

"大哥,要我们帮着送医院吗?"电梯里一对年轻男女对这种只在电影里出现的桥段唏嘘不已……

"谢谢,你帮我在下面拖着她的腰就行。"折腾几个回合的兜爸,也没剩多少力气了,刚走进电梯,我就明显感觉到,兜爸那双死撑的手臂渐渐沉了下去。

好在电梯里有那对小夫妻帮忙扶着,我才被安然无恙地抬进车的后座上,我红着眼睛,气息微弱地和女孩说了声谢谢。

伴着隐隐约约的宫缩,我被疯狂的车子载往医院。到了医院门口,我再次被力大出奇、骁勇无敌的兜爸从后车座上硬拽出来,他一口气把我放在了入口的导诊台,随后掏出一个红包递给帮着提行李的"中国好司机",不过红包被他婉拒了。

人一生要相遇许多人,有些人可能成为知己、朋友或是恋人,大部分人是过客,这都是缘分。人生得意时乐于助人,广结善缘不张狂,万一某天遭遇困难也会得人所助,不至于被落井下石。看着司机远去的背影,我真想起身为他点10000个赞呀。

"医生,快快快,我老婆要生啦。"在空旷的走道里,兜爸飞奔着跑向急诊室,又飞一般推出一辆半残的担架车。两个摇摆不定的轮子颠得车子左右摇晃，恨不得哪一下跑得不对，轮子就会飞出去。

"小伙子不急，你慢点，那车是坏的，推的时候悠着些。"循着尖利的女声，一个女医生像大白鹅般慢吞吞地跟在先生的后面。

接着，俩人力量合二为一，将我抬上了担架车。在被推进诊室那一刻，我清楚地知道，自己苦难的日子即将拉开帷幕了。

"把裤子脱了！""大白鹅"直截了当地发号施令。遵着她的指示，我羞涩地褪下裤子。

"肚子疼得厉害不？"在我肚肚上左右捏了一番后，她似笑非笑地问着。

"几分钟疼一下。"我答曰。

"现在疼了吧？"察觉我的面部神经，再次被痛觉抽成一团，"大白鹅"顺势将手塞入我的体内，反复丈量着。

"啊！"毫无防备的我，一声惨叫从喉管喷出……

"离生还早呢，宫口开得很小，瞧你的便便都吓出来了。""大白鹅"眉目纠结地喊兜爸给我换内裤。

"行啦，先做超声看看情况，再去产房吧。"女医生和兜爸有说有笑地将我推进了彩超室。

睡眼惺忪的夜值人员已然被叫起待命了，检查时，还不小心被我瞟到了她挂在眼内眦的一坨眼屎。不厚道的我，此时居然有点想笑。

"放心吧，羊水没破！"小医生连连打着哈欠。事后，我才马后炮地想出，在家里流出的那滩"脏物"是宫颈粘液，而非羊水，差点吓破我的心、肝、脾、肺、肾……

"大夫，男孩女孩啊？"兜爸试图在大伙意志萎靡的时候探探底，却不想又吃了个"闭门羹"。

"马上就生了，还问这个有什么用？"B超医生一口回绝，精神头比刚才清醒多了。

辣妈孕事儿

小医生啊,小医生,你这么遵纪守法,你家院长知道吗?

在医生们忙碌的准备中,被推进产房的我,像一只待宰的母猪般,被进行着一系列清洗和备皮的工作。

眼瞅着快"卸货"了,我的眼角却闪动着泪光,突然舍不得我们母女俩相依为命、合二为一的时光了。

宝宝,你住在妈妈肚肚的这段日子里,妈妈很辛苦,同样也很幸福呢……

宝妈须知

迎接分娩,对于和我一样的初产妇,除了紧张,剩下的便是手忙脚乱了。下面,我梳理一下自己的产前征兆,仅供参考。

1. 胎儿入盆了么?

当妊娠进入尾声,胎宝宝也配合妈妈,默默地为出生做准备了。第一件事就是"入盆",使其头部通过母体的骨盆入口进入骨盆腔,从而让身体的位置得到巩固。入盆是分娩的前奏。

一般初产妇入盆后2~3周就可能分娩,或者像我这般,临近分娩前的数小时才"入盆"。

2. 宫缩开始了么?

分娩前,子宫会以固定的周期收缩。收缩时腹部变硬,停止时再变软。通常假性宫缩无规律,且宫缩程度不如真宫缩剧烈。比如从分娩数小时之前的偶尔疼痛,到临近分娩时的频繁阵痛。我便是从分娩前5小时,每10分钟轻微阵痛一次,过渡至分娩前4小时每5分钟剧烈阵痛一次,再至分娩前3小时每2分钟钻心阵痛一次,宫缩强度约持续30~70秒。这便是顺产妇规律性子宫收缩到宫口全开的第一产程,当然这也是消磨意志的关键时刻。

3. 羊水破了么?

话说,我就是傻傻地分不清宫颈粘液和羊水,才给兜爸留下了羞辱我的笑柄。下面,我就普及一下两者的区别。

很多产妇和我一样,在分娩前阴道会突然流出一些近于黄色的黏稠物质,一股一股地涌出,从分娩前3~5天到数小时不等。有此液体流出,说明宫颈开始变软,离生产不远了。当然,也有像我这般不淡定的产妇,便会大惊小怪地误认为是羊水破了。

而破羊水的状况则是,羊水呈喷射状自阴道涌出,无法控制。性状无色透明。

4. 何时准备入院?

绝大多数的孕妇会在预产期前后两周内生产,当有规律地腹痛且间隔时间越来越短、疼痛时间延长时,就预示着快临产了。但有不少孕妈拿捏不准应该在什么时候入院。

我认为太早来医院待产也是没好处的,增多了住院费用不说,四周焦躁的环境也会让孕妇感到不适,达不到产前的"最佳状态。"

孕妈可提前联系好床位,安心在家待产,待出现以下情况时,便可马上办理入院。

宫缩稳定,且有规律而持续的剧烈疼痛。

羊膜破裂,有羊水流出。(这种情况产妇不要站立,需保持卧位,避免胎儿娩出时胎头着地)

阴道有血液流出,而非宫颈粘液。

产妇自感胎动减少,也可提前入院观察。

第四季：
家里来了"小魔头"

"顺",还是"剖"
产前该吃点啥
关照好你的伤口
如何辨别乳腺不通
怎样预防乳腺肿胀
哺乳小贴士
宝宝的啼哭都有哪些诉求
怎样能让宝宝睡得香
宝妈便秘的原因主要有哪些
坐月子要有好心情哦
宝宝"偏头"怎么办
给婴儿绑腿能避免罗圈腿吗

13 等你的心情，胜过《忐忑》

辣妈心情故事

2012年7月9日，女儿的生日，母亲的难日！这一天，我终生难忘……

想着前一天上午听胎心时，我还听某孕妇八卦着宝宝出生的日子，没想到当晚我就被急火火地推进产房。

"你快剖吧，子宫撑破就惨了。"在听胎心那会儿，刚好又一个孕妇也被推了进来。医生摸着她的肚子，连连摇头。

我隐约从对方的交流中得知，床上躺着的是二胎产妇，由于距上次手术间隔不足一年半，子宫上那道未修养好的疤痕随时会面临撕裂的危险，何况她这次依旧选择剖腹，危险也就不得而知了。

"不行啊，婆家不同意，她说明天才是好日子。"听得出，女子的心也在半悬着，可又做不了主。

"老迷信，万一大出血她能负责么？你的情况太危险了，快点喊你老公和她商量，赶紧剖了吧。"医生急得直翘脚，连连说道："总不能自作主张代她家属签字吧，毕竟这是一场人命关天的手术……"我从那位孕妇苦不堪言的表情上，一眼就猜出，她定是跟了个愚孝的老公。

辣妈孕事儿

至于案情后续发展如何,也就无从知晓了。我不得不感叹世道不公啊!竟有如此让人抓狂的婆婆,女人何苦为难女人!唉……可怜的媳妇儿,可怜的宝宝,还有站在一旁干着急的大夫……

途中我和兜爸聊及此事,他告诉我别咸吃萝卜淡操心。

"咱家兜妹要是明天出生该多好啊!"自从脑子里抓拍到女子的那番话,我一直在心里盘算着,期冀"留级"的兜妹也能摊个好生辰。

话题重新扯回那晚待产的时刻,兜爸窜上窜下地办理好住院手续,在医生的指示下,大任当前的我被兜爸一路小碎步推进了待产室。在安静的廊道里,昏暗的灯光把我们的影子拖得老长老长,大有看惊悚片的感觉。

"留一个人陪产,剩个人回去拿住院的东西吧。"助产士说完这句便离开了,剩下我和兜爸面面相觑。我们倒是希望,此时若能有个人出来搭把手,该有多好啊。

"你快回吧,赶紧把宝宝的衣服拿过来。"来时匆忙,一向心细的兜爸也有马失前蹄的时候,倒是落了一包物品在家里。

"那你自己小心哦,有事叫医生,我马上就回。"忙了一晚上的兜爸连口水都没来不及喝,又匆匆往家赶了。

兜爸走后,空空的待产室更让人不寒而栗,想着别的产妇生孩子恨不能全家出动,而我却如此悲凉和凄惨,我像只虾米般一个人蜷在床上轻声啜泣起来……

"大夫,你能找个地让我洗洗澡么?"我矫情地哭了一会儿,突然想到月子里要滴水不沾地挨过昏天暗地的30天,就巴不得酣畅淋漓地把黏在身上的汗渍冲洗干净。

"不行,从现在起,你上厕所都要跟我打报告。"医生坚定地驳回了我的诉求,我真后悔晚上到家那阵,没直接冲个热水澡。

时间分秒必争地跑到了零点,有节奏的宫缩也从此前的十分钟一次过渡到现在的五六分钟一次，直至后来的三四分一次。我阵痛的程度也因时间间隙的缩小而越发厉害，好在那个照在哪里哪里亮的"高帅夫"提着一包行李及时奔赴到我的身边。

其实兜爸这一道也没闲着，先是回家拾掇了餐桌的残羹剩饭，擦净我流在地上的污秽，又找了大半圈的便利店，买来两块巧克力。

"你给她找点吃的填填肚子吧，别耗没了力气啊。"医生叮嘱几句又出去了。困得迷迷糊糊的我，伴着肚子一阵阵的发紧，钻心的疼迫使我弓着身子躺在床上。

"咬口这个吧。"兜爸将手中攥到变形的巧克力递到我的嘴边，我刚想张嘴咬下一口，又一次剧烈的痛感，让我仅存的一丝力气荡然全无。

"宫口才开4指。"越是疼到痛不欲生时，医生的手偏在此时翻进我的下体，一遍遍丈量着。

"实在受不了啦，快让我剖了吧。"我是对疼痛异常敏感的人，才痛了不到3个小时，暴脾气的我当即从床上揪起枕头朝兜爸的脑门砸过去。

"剖腹术后更遭罪啊，再忍忍吧。"兜爸拾起枕头抱在怀里，极力安抚我的情绪，那一双卧如蚕茧的眼布满了红血丝。

"喊什么喊，想想你老公吧，他一个大男人到时忙你又照顾宝宝得多辛苦，顺产你俩都不遭罪，何况你的条件这么好！"

闻讯赶来的医生好言相劝，可她的口气着实让我接受不了。许是心疼兜爸，蜷缩在床边的我紧闭双眼的瞬间热泪已经像断了线的珍珠滑落下来……偷偷瞄一眼困到支不起眼皮的先生，我示意他去眯一会儿，此时指针刚划过凌晨3点。

这时，我听到乌泱泱地一阵说话声，不一会儿又一产妇被推了进来，发束凌乱的她并不像我叫得凄惨，而是咿咿呀呀地呻吟。想着能让兜爸安静地休息一会儿，疼到歇斯底里的我只得咬着枕头，一度忍住咆哮，

辣妈孕事儿

转而低声哭泣……

宫缩疼真不是盖的，间隔时间越短，疼痛持续的时间越长，连续的阵痛快让我顶不住了，却又不忍叫醒刚刚睡熟的兜爸，我只得不停地靠深呼吸来缓解，这种呼吸方式像拉风箱一样，让我口干舌燥的。而我也总结出了宫缩的规律，约莫连着大口呼吸15次，就不痛了，过3分钟左右再依次循环，我便又像只哈巴狗一样躺在床上直喘粗气。

"才开5指！"正忐忑着，医生的手再一次掏进我的下体，猛搅了一翻，直至我僵挺着下肢翻白眼。

"把腿分开！"医生"啪"地一下，朝我那白花花的大腿上猛拍下去。

"大夫，不是有无痛分娩么？要不给她打点麻药吧！""高帅夫"硬是被我的尖叫声吓到惊醒，眼珠子都快蹦出来了，求医生快给我打麻药。

"麻醉师还没上班哦，何况麻药对产妇也是不好的。"这句话并不是没有道理。只是我那时神智都有点不清了，只好咬着自己的手背低声呜咽——像极了农村里有人杀猪时，猪在临死时的呜咽。那种绝望和悲伤让拥我在怀的兜爸都红了眼眶，他直接哭出了声……

我心系的最后一线希望也破灭了，看来只能死扛。听着走廊里传来新生婴儿的啼哭声，刚和我一并呻吟的产妇也解脱了，真不知道自己的磨难何时才能结束。像是吊在生死边缘，在剧痛中挨着每一分钟……

又在强烈的剧痛中挨过了一个小时，凌晨5点的时候，我已经痛到全身不停发抖。其实没有经历过那种痛觉的人是无法体会的，那是一种排山倒海的痛，一种昏天暗地的痛，一种心灰意冷的痛。

"大夫快点，她要解大便。"突然，在痛中感到一丝便意，我便示意兜爸马上喊来医生。

听到动静的医生和助产士一路小跑，我吩咐兜爸赶快送我进产房，瞄一眼时钟刚刚扫过凌晨5点10分。吼吼！我这是要生了么。

"快点出去，谁让你进来的？你就在外面等吧。"搀扶我刚走进产房的兜爸，就被一个捂着口罩的医生喝令赶出去了。

兜爸曾暖暖地说过："你生孩子的时候，我一定要在场，亲手剪脐带。"想必，在被医生赶出的那一刻，他的天空也是灰色的。

各种刺眼的冰冷器械立在阴森的产房，在大门紧闭的那一刻，我委屈地憋着嘴，瞅了一眼眉头紧锁的兜爸，我的眼泪一下流了出来。虽疼得直不起腰，我还是强忍着痛爬上了产床，突然觉得自己很勇敢，也很坚强，坚持到了最后一步。

"大口深呼吸，再用力。"按照医生的节奏，我使出了十倍解大手的力气。结果臭臭却比孩子先挤了出来……

"你是不是晚上吃多了？都给你擦两次啦！"医生透着不情愿，可又得照做，让哭笑不得的我尴尬得要死……

还记得上次入院时，Z姓产妇一再强调我进产房时要听医生的话，不能使劲咆哮，更别惹她们生气，否则就真被撂挑子扔在那里了。我牢牢记住了这句忠告，躺在医生的眼皮子底下，硬是忍着剧痛没敢大声喊出来。

"嗯，不愧是同行，就是比其他产妇冷静。"助产士的一句鼓励让痛到眼睛都睁不开的我释怀了不少，估计彼时我的脸上洋溢着比哭还难看的神采。正说着话，一股热水喷涌而出，医生先是做了人工破水，然后将手伸进产道帮我扩张宫颈口。

"疼时才要用力，千万别瞎喊，用完力气可就真生不出来了。"初次产子多少还是有些心虚的，我真担心这一关过不去了，肚子痛的时候还不如死了好。

助产士一边指导我调整呼吸，一边给我打气，恐怕那张脸憋得像只煮熟的大螃蟹。

"我们要盼望一个伟大事实的出现，我们要守候一个馨香的婴儿出世，你看他那母亲在她生产的床上受罪！她那少妇的安详、柔和、端庄

辣妈孕事儿

正在剧烈的阵痛里变形成不可信的丑恶;你看她那遍体的筋络都在她薄嫩的皮肤底里暴涨着,可怕的青色与紫色,像受惊的水青蛇在田沟里急泅似的,汗珠站在她的前额上像一颗颗黄豆。"

有点小文青气质的我,却在临盆的时候,突然琢磨起徐志摩笔下那种扭曲的美。

"再使把劲,马上就出来了。"突然医生在下体转动着什么,我下意识地感觉那就是胎头。胜利在望,埋头苦干,霎时眼前大亮!

"啊……"我狠狠憋足劲,紧抓床沿,脚猛地蹬紧踏板,用尽最后一口气,伴着声嘶力竭的怒吼,宝宝被冲出了产道,而我坚挺挺的肚子一下缩得像块海绵,并不时感觉下体有殷红殷红的血慢慢流出。随即,医生将娩出的婴儿小心翼翼地放在离我不远的诊床上。

"麦兜、麦兜。"一直以为,母女连心是不真实的,可当我虚弱地叫出连自己都听不清的名字时,小宝宝居然很吃力地将头扭向我这边……

"恭喜啊,是个小公主,5斤6两。"在我经历5个多小时的宫缩阵痛后,次日05:58分,女儿脱离了母体。

听到这个斤数我又不淡定了。整个孕期体重疯涨了40斤,看来这点肉全长在我自个儿身上了,真后悔没听那个老姜神医的话。

助产士快速将娩出的胎盘拿到另外的房间,看见血肉模糊的那一团,我心里异常的堵。坐在脚下的医生,试图分散我的注意力,她边和我交流心得,边在下体穿针引线,疼到僵麻的我竟全然不知自己已被做了侧切。

"哇……哇……"循着宝宝沙哑的第一声,我虚弱地将头歪向她那边。如此神圣的一刻,我反而没像剧情里的产妇那样哭一鼻子,怕是之前眼泪都流干了吧,当时我的第一感觉竟然是:"产褥期还是不能吃辣椒啊。"我甚至没能仔细观察她的模样,只记得女儿的头被产道挤得老长。

"宝宝吞了羊水,要送去住院观察。"如果一个好消息和一个坏消息并存的话，还不如没有消息。写到此处，我也突然没有了行云流水的感觉，心里堵得慌……

如此卖力地将宝宝生出来，连模样都没来得及看清，便被兜爸匆匆送进保温箱。事后，躺在病房里的我还不时地懊恼起来，埋怨兜爸怎不先拍张照片留给我看。如果能拍下兜宝刚出生的那一刻，该多有纪念意义！而这，成了我产后的第一桩憾事。

兜爸随即焦急地赶到了产房里，他摸着我虚弱阴冷的身体，把脸贴近耳畔，说了句"谢谢"！

躺在产床上的我，经过生产创伤后想必是一张蜡黄色的脸，感觉自己糊着濡湿的碎发，全身软绵绵的。我硬撑着用力握着先生的手，像是中了"吸星大法"，所有的力气全被抽走了……

宝妈须知

我在生之前一直纠结生产方式。话说，长痛不如短痛，而且剖宫产毕竟是一种手术，会给产妇带来损害（麻醉意外、术中或术后出血，手术中膀胱、输尿管、肠道的损伤和各种术后感染等），我便咬咬牙选择了顺产。

严格来说，适合剖宫产的一般都是：有妊高症、胎盘前置、胎位不正、双胞胎或多胞胎、臀位、羊水少、胎儿窘迫、胎儿是巨大儿或产程中进展不顺利的孕妇。

顺产的好处：

阴道分娩是一个自然的生产过程。在产程中，经过产道的挤压胎儿呼

吸道内的液体大部分排出,有利于出生后建立呼吸循环。

而顺产的妈妈虽说要经历数小时的产痛,但产后能很快地下地活动。由于恢复快,也能及早地进行母乳喂养,宝宝在吸吮乳头的时候也能促进子宫收缩,利于形体的恢复。

美妈饮食碎碎念

产前吃什么?

赶去医院前,要吃一顿好菜、好饭、好汤,再舒舒服服地洗个澡,毕竟进了产房,孕妈想再次吃到正常的饭菜要等几餐以后了。

在产程中,应吃些甜甜的高热量食物,如巧克力(含糖量较高能较快提供给养,为产妇加油);应吃些易消化的食物,如粥羹、馒头等,食用方便还可补充体力。

14 泪洒三天三夜

辣妈心情故事

在兜妹出生后的一周内，这些经历却成了我一生中最不堪回首的记忆。

"医生说宝宝吞了羊水，要住院观察。"待我神智逐渐清晰时，禁不住逼兜爸交代了实情，兜爸说话的时候声音颇为哽咽。

"我要去看宝宝，我要陪着她，不能扔她自己在那里。"说着，我就准备一跃而起，可是身子虚弱，便"咣"地一下歪倒在床上，我再次放声大哭。

"怎么哭啦？这样对眼睛可不好啊！"曾拯救我于水火之中的卷发女医生刚好来查房，她拍了拍先生的肩膀，告诉他照顾好产妇情绪。

"宝宝住院了，还没见到她的样子，呜……呜……呜……"分不清鼻涕、眼泪还是口水，哗啦啦地往下淌，我的哭相深深地震撼了现场的每个人。

"没事，等下我去打听，今早接生的大夫还夸你勇敢呢，谁都想不到你能顺产。"事后才得知，我是昨个儿一整天院里唯一顺产的"80后"女汉子……

查房医生给我侧切的伤口清洗换药，又使劲地按下了我松松垮垮的

大肚囊。

"啊,轻点!"伴着下按时的疼痛,我顿感几股热血不断从下体淌出。

"多喝水,有尿就排!"医生说伤口没有感染,恢复得不错,还夸奖"优质男"昨晚把助产士差点都感动哭了,有两个小护士望着兜爸的背影,眼神中竟多了些许欣赏……

送走大批人马后,兜爸为了给我解闷,讲起他初见"小情人"的故事。兜爸说,自把我送进产房,他就紧张地在走廊踱着步子,视线一直紧盯产房的门,感觉自己从未如此煎熬过。大概过了好久,"啪嗒"一声,产房门打开的那一刻,兜爸一个健步就窜了过去。

"小伙子,别急了,你老婆好像给你生个女儿哦。"另一个产妇的母亲欣喜地环抱着刚出世的小外孙,向先生通风报信。他悬着的心也静了下来,抖着手给四方亲朋发着报喜信息。

"麦兜长啥样?漂亮么?像谁多一些?"我这个"外貌协会"的妇女还真是有操不完的心。

"嗯,很白,特别是那对长睫毛……"不等说完,兜爸就自恋地眨了眨自己那对大眼睛。这可是我碎碎念了10个月的魔咒,天遂我愿喜得萌妹子一枚呐。宝宝若不吞羊水,此刻该是多么幸福的一家三口……

"呜呜呜……"刚刚才破涕为笑,可我一番胡思乱想后又哭到上气不接下气了。

"没事的啊,等下我们吃完午饭就带你去看看宝宝。"兜爸揽过已经哭到浑浑噩噩的我,极力安慰着。

我心疼他要回家煮饭,又要照顾病号,便嘱咐兜爸:在我住院这几日全唤外卖吃。鸡蛋、小米粥、西红柿面……标准的月子饮食,兜爸每喂我一口,都显得异常小心翼翼。

虽然我自昨晚待产的时候,肚子就一直唱着空城计,可一想到兜妹才刚出生,就要遭受针扎的折腾,我心里不免又是一阵泛酸,口中的饭嚼得索然无味。没吃几口,我便放下了筷子。

饭后,先生扶我站在床边,一手揽住我的上身,一手轻轻支开像断了脉的两条腿,给我接了"产后第一泡尿"。

"哎,多好的男人啊,现在恐怕打着灯笼也难找啊,哪像其他男的,不一口一句'MLGB',就怕显不出自己是个三条腿一样。"对面床的丈母娘满口啧啧声,女儿尴尬地扯了扯她的衣襟。

"睡吧。"兜爸悉心地给我掖好被角,便随意将几把椅子搭在一起,合衣而睡了。

曾看过一本书,里面写到当妈不容易。的确如此,从孕妇到产妇,女性身心经历了巨大的转变。最大的变化就是母爱如滔滔江水延绵不绝,又如黄河决堤一泻千里。

午后,外面走廊渐渐热闹起来,各种婴儿的啼哭声、产妇的呻吟声不绝于耳。我在兜爸的搀扶下弓着腰,拖着两条像灌了铅的腿一步一步从4楼产房挪到了7楼的新生儿科。

透过门玻璃,我能清晰地看到里面排着一排的保温箱,小宝宝们像是一个模子刻出来的,根本挑不出哪个是麦兜。我想再探过头仔细看时,却把门给撞响了。

一个男医生表情淡淡地开了门,他也就二十几岁的样子,我暂且叫他"淡定男"吧。

话说,门被"淡定男"从里面打开的那一刻,兜爸讪讪地说想看看宝宝。

"你是××吧,宝宝已经不吐沫子了,我们给她清了肺……""淡定男"刚要关门,又被我推了回去。

"能让我进去看看么?宝宝什么时候可以出院?"我声音十分虚弱,却也没能打动"淡定男"坚如磐石的心。

"不行,还得观察几天,看看脑部有没有缺氧的现象。"他轻描淡

写地说着,随即关了门。

"呜呜呜……麦兜不会呛一口羊水,就傻掉了吧。那我也不想活啦,哇……哇……"因担心侧切的伤口站久了会撕裂,兜爸硬是把哭到死去活来的我又拉回了病房。

那一夜,我做了个不好的梦,放声哭起来,还大叫宝宝的名字,被兜爸摇醒后,我再也不敢合眼,一直担心着宝宝。我好想把梦境告诉兜爸,但梦里的麦兜是没救活的,怕说出后真成了诅咒,心里像压了千斤重担,我悲伤到极点,好不容易熬到天亮,才等来了卷发女医生。

"别紧张,宝宝多观察观察总归是好的,这样你们也轻松几天不是?"她随即将先生喊去外面说话,大概十几分钟,先生耷拉着脑袋进来了。

"怎么了,她背着我在说什么?"兜爸半天不说话,我实在憋得难受。

"你说梦见相同还是梦见相反?"我继续追问。

"日有所思,夜有所梦,该是相同的吧。"听完兜爸的话,我"哇"地又放声大哭。兜爸莫名其妙,问好好的咋又哭了。

我鼻涕一把、眼泪一把,语无伦次地把梦说完,兜爸抽抽鼻子吸口气,摸着我的头说:"小傻猪,骗你的呢,梦是相反的。"

接着兜爸抖落了实情,卷发女医生和"淡定男"通了气,宝宝应该没事。因吞羊水导致的肺部感染和心率不齐也医治好了,只是又出了黄疸,在照蓝光。

"你再带我去看一次吧。"禁不住我糖衣炮弹的轰炸,兜爸又搀扶着我颤颤巍巍地挪到了7楼。

这次有卷发女医生搭着人情,宝宝破例被护士抱出来了,虽仅停留了不到两分钟,我还是竭力地记住宝宝的全貌。她静静地躺在护士的怀里,头顶上稀稀拉拉的头发显然被剃了一块,依稀可见密密的针眼。娇秀的小脸,高耸的鼻梁,和我孕期在超声影像中看到的一样,只是麦兜的眼睛被纱布遮住了,旁边还插着一根粗粗的针管。看到这,我又呜咽呜咽地哭开了……

"快让她回去吧,月子里这个哭法,怕是眼睛要坏掉了。"卷发女医生边劝边示意兜爸带我回去。

"等一等,我能给她喂点奶么?"说罢,我全然没了此前的羞涩,当着"淡定男"的面就要掀起上衣。

"不行,现在宝宝都是无菌隔离的,看一下就不错了。""淡定男"一口回绝。

"那我回去挤到奶瓶里送来可以么?""淡定男"依旧摇了摇头。

都说初乳是宝宝最珍贵的补品,看来这下要挤掉了。哎……我可怜的娃!

回到病房时,对面床又换了产妇,她咿呀呀地呻吟了一会儿就被推进产房了,待傍晚归来时,身边躺了个小人儿。

"恭喜啊。"兜爸脸上堆满了笑容,走上前去逗了逗褥褓中的宝宝。

"你家的呢?是没生么,还是?"兴奋的老婆婆伸着脖子,望向这边空荡荡的婴儿床。

"我……我家的住院呢。"怕触痛我敏感的神经,兜爸小声回答着。

"呜呜呜……"睹物思人,看到对面可爱的新生宝宝,我神一样的抽泣又开始了。

这下,惊得所有人都不敢乱说话了。此时,再牛的肖邦也弹不出我的悲伤啊!

夜里,受不了对床宝宝不停的啼哭,我有一搭没一搭地望着天花板。那种空寂的失落是前所未有的,每每瞟两眼那空着的婴儿床,我的身体便不自主地开始抖动,兜爸便也不敢睡下,轻拍着我颤动的肩膀。

我蜷缩在被窝里,压抑着声音断断续续地哭,直到外面泛起了鱼肚白,我才迷糊地睡着。

辣妈孕事儿

"你下午可以出院了,恢复不错哦。"卷发女医生次日一大早,就来统计床位,若不是牵挂着楼上的兜妹,我真心不想待在这里。

"我想留下和女儿一起出院。"我木讷地看着她,从嘴里蹦出几个字,样子像丢了魂儿……

"你留下也无济于事啊,况且床铺这么紧张。"卷发女医生说着让兜爸去办出院手续。大概过了片刻,待她再次折回时,却剧透了一个让人兴奋的消息。

"宝宝这个周六就能出院了,不过,你出来一下。"说着,卷发女医生又把兜爸叫出去了。我飞快地掐指一算,还要倒数4天。

你们怎能体会到,这4天、96个小时,对我来说是比神曲《忐忑》更忐忑煎熬的5760分钟呐。可这个答复,终归让人心里热乎乎的,似乎有了一丝希望的小火苗。

"干吗又背着我说话,就不能透明些么?"我竖着两根柳叶眉嘟囔着。

"没事,儿科主任想管我要两箱军用罐头,接宝宝那天一同带过去。"原来,那个主任的儿子偶然吃过一次部队里的水果罐头,之后便念念不忘……

获知主任的这个要求,我自产后第一次笑出声来,按现在网络名句来说:"你是猴子派来的逗比吗?"转念又一想,敢情我闺女是用两箱罐头换出来的?

在家的每一分、每一秒都是锥心刺骨的痛,好在透过卧室窗子便能看到远处医院的全景和兜妹所在病房的窗子,望眼欲穿的我每天闲下来便趴在窗台上,心里满是挂念。

"你们派个人,赶在中午下班前接宝宝吧。"三日后的上午,内心无比焦急的兜爸突然接到了电话。兜爸一下像变了个人似地狂叫起来,他忙不迭地穿起衣服,朝外面跑去。

"医生让我去接宝宝哦。"想不到,院方让宝宝提前一天出院了,我郁闷的心情顿时轻快起来。我紧赶慢赶地吹了一些气球,挂在了卧室里,能力有限,唯一想到的便是这屌丝般的迎接方式了。

临近中午,让我和兜爸盼星星、盼月亮的人终于回来了……

宝妈须知

经过分娩的撕心裂肺,宝宝终于降临人间,然而疼痛并没有就此结束,因为分娩时往往会留下一些伤口,产后伤口的种类可分为自然产伤口和剖腹伤口。我结合自身,总结了一下顺产侧切伤口的护理方法。

顺产一般会留下阴道撕裂伤,或像我一样留下会阴侧切的伤口。虽说伤口不大,但因位于尿道口、阴道口和肛门交会的部位,若护理不当极易感染。

1. 注意伤口清洁:一般产后3天,医生每日会定时对伤口消毒两次,出院后需产妇自行做好伤口的清洗和清洁工作。可在便后用碘伏棉球由前向后擦拭外阴。

2. 避免伤口崩开:产后3日内尽量避免下蹲的动作,在解便时也要控制用力。

3. 尽量减少久坐:顺产后,坐位时阴部会感到疼痛,所以产妇要避免久坐,以防压迫伤口。

4. 注意刀口情况:有侧切的妈妈们一定要随时观察伤口情况,如果术后一直有疼痛感并越发严重,很可能会出现血肿的症状,应及时报医。

5. 合理进食:无论剖宫产还是顺产,有伤口的妈妈要在术后一周内避免食用牛奶、鸡蛋等发物食品,以免影响伤口愈合。

15 哺乳、开奶糗事多

辣妈心情故事

一直被兜爸说，我是长不大的孩子，总是喜欢肆无忌惮地撒娇，面对困难选择逃避。一夜之间，我却成了妈妈。抱住宝宝的那一刻，我忽然感觉自己长大了。

兜妹从医院抱回来后，我看着躺在怀里的宝宝不禁喜极而泣。我瞪大眼睛死盯着她看，大有含在嘴里怕化了，捧在手里怕摔了的感觉。没了上次在医院里的遮遮掩掩，我彻彻底底把兜宝从头到脚看了个遍。

吹弹可破的嫩皮、纤秀的小脚丫、修长的一双小手、粉嘟嘟的小嘴唇，活生生一个美人胚子，看得我啧啧地连声称赞。没想到，我和兜爸这对歪瓜劣枣的偶然"交配"，居然能"盛产"出如此出类拔萃的结晶，真是长江后浪推前浪，我被狠狠地拍在沙滩上啊……

经历过生产的痛楚，我这个新手满怀幸福感地端详着用血与泪迎来的宝贝，内心无限满足，还好兜妹在经历了一番苦难后又重新回到了母亲的手里。

"别臭美了，孩子饿着呢，医生说回家赶快喂。"兜爸猴急地催促着。

第一次哺乳，我还是很羞涩的，反倒是少了那日在病房门口的霸气外露。我左手揽着宝宝，踅摸了半天也没弄对姿势。母女连心的强大生

辣妈孕事儿

理感应,未等我撩起衣服,麦兜便扭过头,微张着小嘴来回舔着舌头像是寻找着什么。我顺势将奶头塞进了宝宝的嘴里。

"哇……哇……"就在我准备一尝哺育乐趣的时候,麦兜突然放声大哭,惊到了我和她爸。

"怎么啦?宝宝为什么哭啊?"准备煮饭的兜爸,立马从厨房跑过来,上下打量着宝宝。

"不知道呢,吸了两口就给吐出来了。"我眉头紧锁,百思不得其解。

"要不你换另外一边看看。"为了照顾好我的月子,兜爸的确下了不少功夫。在他的悉心指导下,我一只手夹住乳晕,趁 Baby 张嘴时把右侧的"奶嘴"放进宝宝的小嘴里。另一只手则轻轻托住 Baby 的头颈,让其轻轻贴近胸部,避免堵住宝宝呼吸。

果不其然,在把兜妹换到另一侧后,她嘬嘬着小嘴很快吸吮起来。后经我仔细查找,方才解开症结。原来是乳头畸形惹的祸,我一对比,明显发现自己左侧乳头比右侧大了一圈,宝宝的樱桃小口捣腾不过来啦。

这下可好,兜妹找准了吸吮的感觉,我右侧的"奶袋子"就"躺枪"了,受到她的十二万分青睐,左侧乳房却被奶水涨得老大。为防止涨奶,早在医院时卷发女医生便杜绝兜爸给我吃汤汤水水,怕的就是宝宝不能及时吸吮,再把奶涨回去。

直到产后第四天,奶水才逐渐丰盈起来,好在我有吸奶神器,想着抽出来给兜爸补身体。事后才得知,挤出的鲜奶,兜爸愣是没有勇气喝下去,而是一股脑用来煲汤了。难怪那两天兜爸煲的汤奶白奶白的,敢情有"神器"啊,亏得我还一个劲地夸着兜爸技术好呐。

曾听老人说,奶了孩子后,世上最恶毒的诅咒莫不过于让她生奶结。此话充分证明,涨奶对产后妈妈来说有多痛苦了。

在兜妹的吸吮和刺激下,我左侧乳房已涨得越发严重了,里面全是大硬块儿,不敢碰。那会儿我已经能摸到腋下的小包了,用手轻轻一触,钻心地疼,手臂都张不开了。再次哺喂时,我特意让兜妹吸吮左侧,可小宝宝还是不肯吸,要么奶头太大吸不进,要么好容易含住了,又吸不出奶水。

"快过来,给我使劲吸通。"待命多时的兜爸,猛吸一口气,他刚把那香肠嘴贴过来,便"扑哧"一下笑出声来,脸涨得像猪肝一样红。

"别矫情啦,用到你时却忸怩起来了。"被我一吆喝,兜爸正了正色,趁人不备,张嘴咬了过来。

"啊!"开奶的疼绝不逊色于生产时的裂骨痛,我实在没忍住,甩开猪蹄子,就捶了兜爸两拳。

"你打我干吗,又不是我故意弄疼你的。"兜爸紧着眉头回了一句,便要当甩手掌柜了。

"别,我忍着,求求你救救我吧,快要疼死了。"我苦苦哀求,换来兜爸这次卖着十二分力的同情。

兜爸先是把毛巾泡在刚烧开的水里,然后借着烫劲儿敷在了我坚如磐石的胸部,并用力帮我揉捏着。继而一阵不次于产前的骨裂痛感袭满全身,让我的双唇抽搐起来。我下意识地摸了摸,乳房依旧硬得像块石头。育儿书说,涨奶时如果不使劲揉开,奶就会被憋回去。

"要不我去医院找通乳师吧,万一发炎就惨了。"兜爸那张如鞋拔子似的脸涨得由红转向发紫,无奈地摇了摇头。

"我不要,那岂不要疼死我。"出自通乳师手下的痛,想必是有人经历过的,那种不管三七二十一,掐住就拧,想想就残忍。

"这一关还是要过啊,搞不通拖成乳腺炎岂不更麻烦?"兜爸说着,脸色由刚刚的紫红变成铁青。我摸着铁块般的"奶袋子"好似比之前涨得更疼了,我不光看见了一道道突起的青筋,还感觉到硬结部位也渐渐发热了。

担心涨过后我再也不能泌乳了,兜爸又抱来兜妹吸吮。别人都说宝

辣妈孕事儿

宝吸吮母乳的时候是建立母女感情的一刻。但在被吮吸的一瞬间,我完全没有这种"幸福"感,而是感受着赤裸裸的痛。

"快去药店买点芒硝(芒硝是中药的一种,功效软坚散结,外敷乳房即可消肿)回来吧,我拿它敷一敷。"幸好我是个中药通,便急中生智委派兜爸火速搬救兵了。于此间隙,我则继续边敷边揉,再不断给兜妹吸吮着,等待奇迹的出现。

兜妹躺在怀里果真是使出了吃奶的劲,一刻不停地吸吮着。不知过了多久,居然从她的口中传出了"啪嗒啪嗒"的声音。

"哇,这是通了吗?"在乳塞不通时,若有宝宝吸奶的声响,就证明乳腺通了。

我把奶头从兜妹嘴里拽出一看,那冲力好比开了最大马力的水龙头,奶汁从四个腺管中喷涌着,肿胀的乳腺就像堵塞的下水管道被通了个干干净净。我兴奋得不得了,那张嘴也咧得像中了500万元大奖似的。

话说,开奶成功的麦兜小朋友自是功不可没的,这也让此前遭受各种针扎苦痛的宝宝感觉一下子找到了组织。兜妹依赖着妈妈温暖的怀抱,依恋着乳头甜甜的味道,一刻也不愿松手……而我也喜欢将宝宝拥入怀中的感觉,我边端详着她吃奶的模样,边用手柔情地触摸她身体上每一寸娇嫩的肌肤。

"你怎么一直让她叼着?喂了这么久,也该饱了吧?"若不是兜爸猛然提醒,我还一直沉浸在初为人母的喜悦里。此时,我几次试图从麦兜嘴里扯下奶头都不成功。要么被她死死咬着,要么一扯出来就惹来兜妹一阵撕心裂肺的哭。

"是不是没吃饱啊?你泡点奶粉看看?"我质疑着。可体验了母乳后,小家伙便不再接受硬邦邦的奶嘴了,任凭我怎么引诱着喂,她就是不张嘴。

其实,我再怎么恶补育儿知识,总归是个零经验的新手妈妈,况且身边又没人指导。我傻傻地以为，只要宝宝一直叼着乳头，唯一的可能性就是她还没吃饱。哪里想得到，聪明的宝宝已经把妈妈的乳头当成了安抚奶嘴。

就这样，在宝宝接回家的那一下午直至夜晚入睡时，兜妹都不愿放开乳头。我其实是被书本知识误导了，以为让宝宝频繁吸吮可以加快泌乳，结果给麦兜小朋友养成了依赖性，每天兜妹只要睁开眼就用嘴巴往我怀里拱，叼住了奶头就不想松口，哪怕睡觉时也会含着，我抽出来她便要哭个不停。

才刚刚两天，我就发现一侧被吸过后的乳头中间黑黑的，像被涂了东西，让兜爸仔细查看后才知道，是新肉结痂了⋯⋯

宝妈须知

如何辨别乳腺不通？

不少哺乳妈咪有过这样的经历，当有乳汁分泌时，乳房开始变热、变重，出现疼痛感，有时甚至像石头一样硬。乳房表面看起来光滑、充盈，连乳晕也变得坚挺而疼痛。这就是涨奶。

我从来都没有想到过，开奶是这么痛苦的一件事情。在医院里，我曾亲眼看着通乳师把邻床产妇的乳头上挤出了五六个出奶的小眼。如今，我的每个小眼也是用钻心的疼痛换来的⋯⋯

其实乳汁分泌是分成很多股的，其中一两股会比较多。所以要是只有一股或两股，乳腺就不算畅通。出现这种情况，需要马上疏通，以免发展成乳腺炎。

如何预防乳腺肿胀？

顺产妇在宝宝出生后半小时内，便可哺喂母乳，这样乳汁分泌量也会较多。针对母乳喂养无法判断奶量，日哺乳可不计次数，以便随着吸吮次数增多而更好地泌乳。

如果乳汁分泌过多，宝贝吃不了，应用吸奶器把多余的奶吸空。这样既解决产妇乳房胀痛的问题，又能促进乳汁分泌。我建议产妇在孕晚期至产后做好如下预防措施。

1. 热敷

热敷可使阻塞在乳腺中的乳块变得通畅，注意避开乳晕和乳头部位，温度不宜过热，以免烫伤皮肤。

2. 按摩

热敷后即可按摩。用双手托住单边乳房，并从乳房底部交替按摩至乳头，再将乳汁挤在容器中。

3. 借助吸奶器

奶涨且疼得厉害时，可使用手动或电动吸奶器来辅助挤奶，效果不错。

4. 冷敷

如果奶涨疼痛非常严重，可用冷敷止痛。一定要记住先将奶汁挤出后再进行冷敷。若出现发烧或腋窝淋巴结肿胀，应及时就医。

哺乳小贴士：

一侧乳头喂奶时，另一侧乳头也会流出乳汁，所以最好准备一块小毛巾，轻轻按在另一边乳头上。

喂奶时，最好能吃完一边换另外一边，最初的时候吃不完必须挤掉，不然会形成乳腺炎。

美妈饮食碎碎念

1. 产褥期不要食用葱、蒜、韭菜这些发物，可以用姜调味。
2. 因母鸡的卵巢含有大量雌激素，不利于下奶，如果食用母鸡切记去掉卵巢。
3. 鸡蛋营养价值高，产后可一直食用，但一天不超过3个（防止胆固醇上升）。

16 我是"烙煎饼",你是"夜哭鬼"

辣妈心情故事

迎来新生儿,平淡的二人世界又多了一丝天伦之乐!可每当我独处的时候,总会悄然落泪!

才和宝宝接触不到2天,突然感觉生命已不完全属于自己了,剩余的人生将会被眼前这个小人儿填满。刚出生的小麦兜很不安分,每天出了奇地哭闹。她并不像其他新生宝宝,月子里吃完就睡,饿了就哭几声。

"天皇皇,地皇皇,我家有个夜哭郎,路过君子念三遍,一觉睡到大天亮。"小时候,只要左邻右舍有夜啼的小孩,奶奶都会找来红纸,她剪成一丈长的小条,用黄色的笔一笔一画地写好符,挂在那户人家的门上,嘴巴里还念念有词。当时我很费解,后来还是奶奶捋着我的头发慈爱地说,因为这些人家的孩子很爱哭,红纸用来镇邪。

奶奶并不懂巫术,所做的不过是从上一辈那里,照猫画虎搬下来的经验罢了。这招是否真的管用,恐怕连她自己也不敢妄下结论。只是,这个神一样的把戏却深深地刻在了我幼小的心灵里。没想到数年后,麦兜也成了让我们焦头烂额的"夜哭郎"。

恼人的是,麦兜白天睡觉,夜里不睡,整个儿一黑白颠倒。白天还好,兜爸和我的精力较为充沛,可到了万籁俱静的夜晚,麦兜哭闹的节

奏感就一遍遍地加强了。貌似在麦兜一岁半之前，我就从未敢奢求睡个好觉。

"夜哭郎"开始发作，是把她从医院接回家的第一天晚上。那一日，身子骨仍有些虚弱的我，早早便躺下了。我看见兜爸趴在床上盯着宝宝的小脸蛋，眼睛都不眨一下，还不停地逗着兜妹叫他"爸爸"。直到兜妹耍得再也睁不开眼时，兜爸才把宝宝小心翼翼地安放在靠近我这一边，然后自己睡下了。

"哇……哇……"没一会儿，麦兜刺耳的哭声打破了夜的寂静，被兜妹突如其来的啼哭声惊到了，我眼睛"唰"地一下便睁开了。

"怎么回事，晚上没给她喂奶么？"被麦兜吸了一下午，两边"奶袋子"虽不感到涨了，却也没再存住多余的奶水。担心宝宝被饿到会闹觉，我便让兜爸在临睡前冲泡了30毫升的奶粉，给兜妹灌了下去。

"不会的，才吃完个把小时，是不是在医院那几天吓到了呢。"听兜爸的解释，也不是没有道理。这么点的小人，才刚降临人世，头上就被扎进那么多针眼。习惯了在妈妈肚子里安静过活的她，在遭遇各种疼痛和委屈后，幼小的心该有多么恐惧这个世界啊。

想到这，我的心就像掉在地上的玻璃杯子，摔得全是碎渣子。于是，我赶快侧身将麦兜拥进怀里，一面轻拍着她的小肩膀，一面哼起了摇篮曲，试图哄其入睡。结果，兜妹完全不给面儿啊，那极具震感的哭闹声，貌似来得更猛烈了。怕惊扰了四邻，母爱泛滥的我便将她抱起。

待宝宝安稳入睡后，我便把她重新放到床上。可每每此时，小家伙就如坐针毡，还对我怒目圆瞪，继而哇哇大哭。如此几个来回，上下眼皮直打架的我便半倚在沙发上睡着了，如雕塑般一坐便是一个多小时。若不是兜爸在夜里猛地惊醒，帮我接过怀中的宝宝，我极有可能要累到石化了。

照实说，我也不想当拼命三郎的，打小就听老一辈常在嘴里念叨，

第四季 家里来了"小魔头"

坐月子是女人一辈子最重要的事,大人们还嘱咐我以后一定要嫁个好婆家。可我这个悲剧人物的存在,绝对就是"苦菜花"呀。早在孕中期,我便四处打探着月嫂的相关消息,直到预产期前半个月,人员也没到位。

期间有朋友介绍过,我也在网上寻觅过,但因工种供不应求,月嫂佣金如房价般被炒得节节高升,所以我一直未寻到合适的人选。我对月嫂的心理价位是5000元左右,因赶在龙年生育高峰,总数便放宽在6000元以内。只要她干净、利落、爱孩子、做饭好吃、眼勤快,再懂些护理知识就OK了。陆陆续续地,我也如主考官一般面试了几个月嫂,这些人员综合素质参差不齐,有顺我意却来不了的,也有气到我半死的。

先说那个来不了的吧,那是我的一位东北老乡,为人风趣,朴实健谈。落座后她传授给兜爸和我很多有关月子的知识。因前东家之前说和她签一年,眼下快到期了对方也没放她走的意思,所以她很实在地跟我说,别因为她这棵树苗放弃整片森林……但我还是傻呆呆地盼了半个月,最后无奈忍痛割爱了。

再说那个气到我半死的吧,一张嘴就狮子大开口,身价基本破万,还真当我这里是提款机了?面试时,此人不但不按常理出牌,而且为人极其不低调,表现出一副趾高气扬的样子。她不仅对我提出的育儿基础知识一知半解,还喋喋不休地对我提着无理要求。什么朝九晚五的工作制,两个小时的午休,不做任何家务,只负责抱小孩……总之吧啦吧啦地叨叨个没完没了,唾沫四处飞溅。兜爸也说,这小主咱们招架不了,真怕她伺候不好我的月子,兜爸还得照顾她一个月。如果时光能够重来,我真希望这尊活佛当初没有被请来……自打目睹了"找月嫂"的虐心经历,兜爸一气之下决定自学成才了。

书本的知识,终究是无法完全指导实践的,特别在应付宝宝啼哭这一环,兜爸彻底乱了阵脚。第二晚,担心影响到我的身体恢复,兜爸大

包大揽地抱走了麦兜。和前一晚如出一辙，在喂饱了30毫升的牛奶后，兜爸给宝贝轻拍了嗝，又抱着她围着客厅转了几圈后，才轻手轻脚地把她放在我的床上。这下可好，给了宝宝良好的革命本钱，让她在"死哭"的道路上又有了策马奔腾的体力。

还不等兜爸把揽在麦兜身下的手臂抽出来，小家伙便如针扎一般，一时间声音响彻夜空，而且哭声越来越急促，让人坐立不安。兜爸和我试图不回应，她便会表现出一幅很伤心的样子，先是一口气吸得很长，然后伴随小身体一抽一抽地颤抖，两只小手和小短腿挥舞着狂蹬。只要被人抱起，小家伙便会停止哭闹，挣扎一会儿就睡得很沉稳。无奈第二晚，兜爸接了我的班，半倚着沙发坐了整整一夜。

到了第三晚，我因害怕宝宝哭闹，紧张到无法入睡，好不容易像"烙煎饼"般翻着翻着睡着了，却接二连三地做起了噩梦，类似宝宝从床上摔下来了，或者被兜爸一个180度的翻身压到窒息了……我简直濒临精神崩溃的边缘。

自从被兜爸和我连着抱了两夜，兜妹渴望被呵护的心情似乎越来越急迫，想必是我们助长了她的威风。兜妹夜啼的比例急剧上升，每次翻身时都会哼哼唧唧几声，假如我们不掏出手及时拍一拍，她便会嚎啕大哭，直至我们再次将其抱起，她才会停止这段刺耳的"防空警报"。

记得麦兜住院的时候，我会茶不思、饭不想地彻夜思念。如今和小家伙朝夕相处还没一周，却甚是怀念她猫在我肚肚里的日子。可生宝宝绝不像买东西，到手了便不再退换的。

连着折腾几天，我和兜爸的眼睛一直肿得像大桃子。特别是兜爸还得承揽家务，记得有两次他正洗着尿片，便晕晕沉沉地睡着了，一头歪倒在卫生间的墙上。

没生孩子前，我曾肤浅地认为，能和兜爸恩爱一世、携手风雨，给宝宝一份完整的爱就足够了。可现在千万别跟姐提"责任"二字,先教教我怎么把这个小魔头养出月子再说吧!

这就是人生,往长远了看,都是一部冷暖自知的好戏。

宝妈须知

婴儿的啼哭也分为很多种,小宝宝不会说话,哭声便是她们表达自身情绪和不适的主要方式,若新手父母不能准确从哭声中辨别宝宝的诉求,便会像我一样,走很多弯路。

1. 运动型啼哭:

哭声抑扬顿挫、不刺耳、声音响亮、节奏感强、常常无泪液流出,每日累计啼哭时间可达 2 小时,是运动的一种方式。如果看护人将宝宝的两只小手轻轻抓起来摇一摇,她便会停止啼哭。所以新妈妈尽量不要打扰"运动中"的宝宝,否则很可能一不小心被"粘"上。

2. 饥饿型啼哭:

哭声带有乞求感,哭声往往是由小变大,很有节奏,不急不缓。当你用手指触碰宝宝的面颊时,宝宝会立即转过头来,并有吸吮动作,如果你不给她喂食,而是把手拿开,宝宝就会哭得更厉害。一旦给她喂奶,哭声会戛然而止,吃饱后她绝不再哭,有时还会露出笑容。

3. 病理性啼哭:

比如肠套叠,小宝贝哭声尖锐,两腿屈曲乱蹬,向外溢奶。严重时,需及时就医。

4. 生理性啼哭:

比如尿布湿了,宝宝啼哭强度较轻,哭时多无泪;宝宝大多在睡醒时

或吃奶后啼哭，哭的同时两腿蹬被，当你为他换上一块干净的尿布时，他就不哭了。

5. 不定性啼哭：

比如寒冷燥热，困倦或者所处环境嘈杂等，都会引起婴儿的啼哭，此类啼哭会伴有特殊的肢体表现，父母注意观察即可。

如何让宝宝睡得好？

我总结以下几点：

1. 睡眠的环境舒适安静。

2. 白天尽量减少睡眠时间，保证夜间能安稳入睡。

3. 不用唱歌、摇晃等方式哄睡，提倡自然入睡。

4. 睡前不要过度玩闹。

5. 睡前避免吃得过多。

6. 母乳宝宝尽量一次吃饱，减少夜奶哺喂次数。

7. 夜里哭、闹、吵，父母尽量不要动或哄。

17
严把月子关，兜爸当父又当"姆"

辣妈心情故事

身边不乏一些育龄朋友，依然在"生"与"不生"的问题上徘徊着。如果你还在纠结，那就赶早不赶晚吧。毕竟奔三后，体力也不及从前那般好。早些解决，便可以像我一样迈入一个新的人生阶段了。

老婆坐月子，有钱的请保姆，没钱的靠父母，没钱没父母的，当父又当"姆"。自从人生登上了新台阶后，兜爸和我便再也没过几天安生的日子。此前在病房时，兜爸还不时背着个剪刀手，优哉游哉地和对床手忙脚乱的奶爸交流育儿经验。那会儿颇有成就感的兜爸，该不会想到，几天后自己接到手的女儿也会像接到个烫手的山芋。

寡淡的月子餐的确在兜爸"少盐"的理念下被发挥得淋漓尽致，以至于我在轻啜一口油腻的猪蹄汤后都伤心得直想哭。兜爸总是自诩，在烹制食材时他有一套自己的的养生理念，比如低盐、少油、少辣。但他那"未老先衰"的饮食理念，显然与同是80后的我（喜大油、爱麻辣）的重口味格格不入。所以，即便我们共同生活了7年，我也很少能在餐桌上和兜爸酣畅淋漓地享受一场"因同爱一种美食"所带来的味觉盛宴。

而在兜爸能拿出手的荤菜里，类似生姜、蒜瓣的配料和配菜远比主食材多得多。只有在剔牙时，我才惊喜地发现，原来菜里面也有肉，只

是全部塞在我的牙缝里了，大有一夜回到解放前的感觉。这也便是我一回味那些年"赤裸裸"的餐食点滴，便不会奢求兜爸厨艺的原因。

那几日，我因护理宝宝休息不好，加之营养供给严重的不到位，我那精心呵护的两只"奶袋子"有一搭没一搭地出着奶水。往往在兜宝宝一觉醒来要吃奶的时候，我却发现产量大减，两只乳房变得软榻榻的，未等喂完宝宝，奶水就没有了。

我未孕前是名副其实的"太平公主"，即使在孕期雌激素分泌旺盛的时候，也未曾像其他孕产妇那样波涛汹涌。由于先天禀赋不足，我对自己能否母乳喂养宝宝一直没有多大信心，便早早托人从香港代购了两桶荷兰某奶粉，想着先过渡一下。

不过我向来是不服输的，我笃定地认为，只要自己具备产子的能力，就一定有哺乳的能力。在奔向母乳喂养的道路上，我自始自终抱着"不抛弃，不放弃"的态度，每天坚持让宝宝多吸、多喝汤水，变着花样去亲身实践通乳良方。尽量减少夜奶哺喂的情况，争取在夜间养精蓄锐，让兜妹在第二天一早就能吃个全饱。果不其然，出了月子的我着实变成了人见人爱、花见花开的"大奶牛"。

产后刚过一周的某个下午，正值医院儿保科的医生回访。在看了我们母女的精神状态后，医生一个劲地夸奖兜爸这个180厘米的汉子入戏很快，将妻女照顾得要比她们想象中好。

"只是宝宝怎么这么瘦小？"女医生是地道的本地人，蹙着两道弯眉若有所思地问。

话说，兜妹整个月子长得有些"拖后腿"，产后28天去体检时，才从出生的5斤4两长到6斤3两。加之麦兜自浅尝了母乳的甜头和乐趣后，便不再喜欢喝奶瓶了。而我又是个对奶类食品深恶痛绝的人，在数月后，我只得亲手将漂洋过海、过了保质期的奶粉扔进了垃圾桶。其实，我也担心自己丧失了哺乳这个本能，每个月一大笔的奶粉钱倒是小事一桩，万一碰到个有安全隐患的，伤了宝宝幼小的身子那才是得不偿失啊！想到此，心里便一阵泛酸……

"奶水不好呗。"面对小医生的质疑，我红着眼圈，既委屈又堵气地扫了兜爸一眼。

兜爸早想脱离"煮饭"这个费力不讨好的苦海，他四处联系着做月子餐的阿姨，结果人家都想拥有一份固定的差事，不想做随时被扫地出门的临时工。无奈，兜爸只能硬着头皮继续做下去，害得我一提起此事，先生便急忙尴尬地挠着头，一个劲地承认是他的错。

"宝宝的脐带护理得很好，多注意消毒，再有两三天就该脱落了。"小医生放出此言，真是赤裸裸地抖出了兜爸唯一的成就感。

月嫂没请到，老婆还在坐月子，给宝宝洗澡和抚触的担子自然又被兜爸一人挑起。话说，在兜爸第一次给宝宝洗澡那会儿，他说自己的心也像小鹿乱撞。他头上滚着豆大的汗珠子，提心吊胆地将左臂揽在宝宝的胳肢窝下面，用手抓住她的小胳膊，将头靠在自己的左小臂上，然后右手托着宝宝的屁股，再把她轻轻放下水。兜爸说，那时他心里发怵的感觉与第一次从医生手里接过宝宝时有一拼，不足6斤的小鬼头，浑身软得像没一根骨头，真怕一不小心把麦兜的胳膊拽下来。洗好澡后，他还兴致勃勃地参照育儿书给宝宝做了抚触。心细如尘的兜爸啊，这个月子你的功劳大大滴啊，我先替麦兜给你送把花啊……

做了第一个吃螃蟹的人，就不用担心下次会被钳子夹到了，兜爸男保姆的工作算是又提到了新高度。每到给宝宝洗澡的点，兜爸都不会再有第一次手忙脚乱的情形了，我的一些育儿经验，还是拜他所赐呢。

当然，眼前迫在眉睫的事情是给我催乳。还好关键时刻，得到了此前那位奋斗在"拯救人类健康第一线"的阿姨相助，我在电话里记下了她开具的中药方子。良药固然苦口，我喝了3天果然有明显的泌乳特征了。若能让麦兜填饱肚子，也是当妈的一件功劳。

　　为巩固效果，我每天像被兜爸灌毒药一般，一碗一碗地喝下漂浮着动物脂肪的通乳浓汤。功夫不负有心人，在出了月子后，我的乳汁也突然好到爆棚，常常在夜里，衣服和床单就会被溢出的乳汁打湿一片……

　　我这个悲催的月子，就好似多米诺骨牌，一环扣一环，兜爸就像被牵了绳的木偶，整个月子被我牵着鼻子跑。我是个内热体质，平日里便秘倒是常有的事，这可能和本人不爱运动有关。特别是产后，兜爸怕我食用水分太多的菜叶子，导致宝宝吃完母乳拉稀，便将蔬菜划进了月子食谱的黑名单，而这也成了我便秘的罪魁祸首。

　　产后的第七天，忙乱整整一周的我猛地想起，自产后便没再解臭臭了。之前的几天，我也偶尔感觉到弱弱的便意，只是还没急到腔门，也就没刻意放在心上。直至午后，堵在那里呼之欲出却迟迟不出的便便，憋得我满屋子直打转。

　　"你便秘咋不早说啊？"杵在卫生间门口的兜爸，急得直跺脚。

　　"这几天把我忙成这样，哪还能顾得了这事啊？"我不敢猛用力，怕一个傻劲下去，撕裂了侧切的伤口。不通则痛，宿便就像塞在大肠里的一个千斤顶，坠得涨疼。

　　"要不喝点香油试试。"正说着，行动派的兜爸就提着香油瓶子站在了马桶边。兜爸左手扬起我的脖子，右手一个顺势将香油灌进我嘴里，霎时油香味四起，味道顺着食道蔓延开来。据说香油是高分子物质，在肠道里可以吸收水分、促进肠蠕动，是解决突发便秘的灵丹妙药。只是我在一口气吞进半瓶香油后，屁股依旧不想"吐"，兜爸说我憋得五官纠结……

　　最后，好在兜爸找出了一只给药箱垫底，不知买了多久的开塞露，顺着我的屁股硬挤了进去，过了好半天后，那一截躲猫猫的宿便，才千呼万唤始出来……

宝妈须知

便秘是产后最常见的症状，无论是顺产还是剖宫产，我那时就最怕去厕所"唱大歌"。那么，引起便秘的原因主要有哪些呢？

1. 由于产后身体内分泌的变化，肠蠕动减弱。
2. 身体虚弱，腹壁肌肉松弛收缩力不足。
3. 产后失血多、出汗多、卧床多、活动少。

严重的产后便秘，还可引起肛裂、痔疮和会阴裂伤等，会使产妇对解大便有一种恐惧感，甚至形成恶性循环。为此，治疗不如提前预防，顺产产妇应尽早下床并在闲暇时多做缩肛运动。

美妈饮食碎碎念

产后便秘应多喝酸奶，多吃粗纤维主食、富含水分的水果、绿叶蔬菜以及含有丰富脂肪酸的坚果类食品。

18 多事之秋

辣妈心情故事

人生有许多意想不到的事情，让人欣喜的、惊恐的、费解的。就如我这个苦难人物的存在，连坐个月子也不平息。

自古以来就有婆媳难相处之说，我也曾亲眼目睹不少婆媳之间发生的战争，大到白刃相见，小到贴身肉搏。恰在和兜爸"你侬我侬"那会儿，得知家中只有公公，我便安心地拍了拍胸口。自叹着，一个老男人势必掀不起什么惊涛骇浪。

我的家庭背景比较坎坷，性情能决定人的一生，环境也足以改变人的性格。小女子就是这样一个脾气倔强、性情耿直但心眼不坏的人。谈恋爱那阵，我就曾天真地认为，婆媳之间相处就是用心相待、互敬互爱。殊不知，这份美好的憧憬，完全是我的一厢情愿。

话说我和公公结下梁子还是在初次见面后，直至公公离开青岛的那天，场面才算风平浪静。

钱、钱，又是钱惹的祸，谈钱真伤感情。我和先生临行前，后婆婆把我拽进屋里，她将手塞进棉袄的里兜，掏出一个信封放在我的手中，措手不及的我急忙叫来一旁的兜爸。

"拿着吧，这是爸妈的一点心意。"兜爸虽打着圆场，却感觉场内

气氛异常尴尬。

"不了,您二老留着用吧,我有钱。"话说,我有着纸一样白的感情经历,从不知道第一次去婆家会有"高大上"的见面礼一说。此行的目的,无非就是到人家的山头混个脸熟罢了。僵持一会儿,我便也美滋滋地将见面礼收入囊中。年纪小,到底是经不住金钱的诱惑啊。

在车上,我好奇地打开信封,倘若时间能够倒流,兜爸不多那句嘴,那几张"毛爷爷"的真正出处就恐怕只烂在他们几个人的肚子里了。

"这钱其实是我拿的。"兜爸拿过信封小声说。

有些人一看面相,就知道是个机灵人,有些人一看面相就觉得他憨厚敦实,而我觉得兜爸比"敦实"还要提升七八个档次,基本上介于"二百五"和"智障"之间的那种。兜爸此言一出,我生气地撇开了他揽在自己肩头的双手。

"什么意思?看不起我么?这钱要你拿?"兜爸解释,他也没想到剧情会急速大反转。在我登门之前,兜爸就和公公商量拿点见面礼给我,没想到公公推得一干二净,以没钱为借口拒绝了儿子的要求,兜爸担心女朋友初次登门受委屈,便自导自演了这场好戏。气得我真想和他一拍两散,想必那时分手,定会改变好几个人一生的命运!

我在乎的不是钱,而是公公那副无所谓的态度。据兜爸讲,公公并非是一穷二白之人,而是把银子都供给新老伴的女儿上学了。就算再后来我们一路结婚、买房、生子,公公也像个局外人一般袖手旁观。好在兜爸和我二人齐心,其利断金,几年辛苦打拼后,白手起家置起了家业。有时想想,真心觉得命苦的兜爸不是公公亲生的。

思路重回月子的那个清早,天刚蒙蒙亮,兜爸枕边便传出了一阵刺耳的手机铃音,差点惊醒了熟睡中的麦兜。我无意中瞟了一眼,电话是在孕期"梅超风"与"李莫愁"那场对决中胜出的小姑子打来的。若没算错的话,这该是自我生产之后,从兜爸老家拨来的第一个电话。许是月子里过于疲乏，待兜爸拿着手机急匆匆地走出卧室时，我又晕晕乎乎地睡着了。过一会儿醒来，发现兜爸还在电话里嘀嘀咕咕。

"你怎么了？接个电话咋成这般德行啦？"我刚微微睁开眼，就发现兜爸低垂着脑袋，他眉头紧锁地端坐在床沿上，即便是身旁的宝宝大声啼哭，他也是纹丝不动，一直铁青着脸。

"我爸被车撞了。"过了半天，兜爸才从牙缝里挤出几个字，他回过神盯着天花板，长吸了一口气。

接下来的答案，我用大拇脚趾都可以想出来，一定是公公又不听他儿子的劝，酒后驾驶摩托车出车祸了。记得2008年汶川大地震那会儿，公公就因同样的原因，被对面驶来的小轿车撞得人仰马翻，左腿骨折。当时正值小姑子怀着孕，家里人便一个急电催我和兜爸连夜启程，匆匆赶往他千里之外的山东老家。我更是不计前嫌，鞍前马后地伺候了公公大半个月。

二十几岁的我，终究是个孩子，便向兜爸提议返程时早走一天，顺道去青岛转一转。结果硬是被公公认为，我不想照顾他，气得我鼻涕一把泪一把，拎着行李便跑出了门外。

据说这次撞得严重些，小姑子打电话时，公公已做完了第一次手术。一想到车祸现场血腥的场景，我心里就特别堵得慌，觉得难受异常。想起有次看抗战片，鬼子军官一刀将个汉子劈成两半，一挂带血的肠子便顺着肚皮往下流……

"我想回家一趟，你自己想办法吧。"兜爸的一句话，让我顿时少了对公公的怜悯。

"那我们母女咋办？"

"这个时候，我能有什么法子？"兜爸平日对我自是贴心又贴肺的，恨不能把自己的心、肝、脾、肺、肾都挖出来给我炒菜吃，却在一个女人最脆弱的时候，他狠狠地伤了我的心，无异于向我的心口戳上一把刀。

"你回吧，回吧，我去带着麦兜跳楼。"但凡身边多个人，我都不会给兜爸使绊子。说罢，我便搂着宝宝大哭起来，声音悲凉而悠长。

反倒是麦兜，不哭不闹地瞪着两只眼睛饶有兴致地看把戏。我虽不是专业的妇联工作人员，但嘴皮子功夫真乃一流，噼里啪啦地吐露着这些年憋在心底的怨言，说完整个过程都没怎么换气。

其实我并非不孝之人，虽说之前和公公有"老死不相往来"的念想，但兜爸寄钱、寄物给他，我却从未有过阻拦。只是公公总因为喝酒，三番五次惹事生非，着实可恨！

世间万事就是这么巧，倘若我在孕期没有那次"乌龙早产"的住院经历，兜爸就不会在原定时间提前大半个月休假，而我出月子后，兜爸便能在剩余的假期里回家探望公公。可是，如今却是这般景况，我不迷信，但绝对相信福报。

我当天气得身子骨跟打摆子似地发抖，躺在床上号啕大哭。话说我哭得这么大声，兜爸他知道么？他当然是知道的！兜爸哽咽了一会儿，便端来一杯热水递到我跟前。

只是我故意没理他，想用冷漠来惩罚兜爸的不淡定。我觉得是他不够坚持才让我一次次地受着委屈。以至于在半年后的一次吵架中，我旧事重提让兜爸无比惊异："都半年了，还在为月子里的事生气？"我告诉他，女人坐月子的事会记一辈子的……

宝妈须知

很多老一辈的人都会告诉新妈妈们，坐月子的时候千万不要哭，否则视力会严重下降，特别是乳汁分泌也与产妇的情绪有关，新妈妈要做的就是照顾好月子里的自己，其他不愉快的事情和决定，等出了月子再说。

但是很多事情不是我们能够控制的啊，眼泪不自觉地流下来了怎么办，现在我就来教教辣妈们如何在月子里控制自己的情绪，化哭为笑。

1. 找出发泄口：对于女性来讲，心气不畅时大吃一顿或狠狠地刷几次卡，浮着一层阴霾的坏心情便会顺畅许多。但在月子里，新妈妈势必不能拖着虚弱的身子到处乱跑，最好的方法就是听听音乐、静坐冥想。

2. 有节制地哭一下：若是真到伤心处，与其将怨气憋在心里，倒不如畅快淋漓地哭一场。所谓截堵不如疏导，把通道放开，别把自己憋坏了，想哭就哭吧，但不要整日流泪哦，偶尔为之没啥大问题。

3. 家人要给予理解：拿我来说吧，自怀孕开始，起伏不定的情绪的确让人难以捉摸其走向。特别是月子里的女人，经过生育后会变得敏感暴躁，甚至有点娇气。如果家人或爱人不能谅解妻子"非正常人"的举止，由此带来的后遗症便会顽固地沉淀在记忆的深处。我也建议，男人在妻子孕产期间要多了解女性心理，做个内心强大、性格宽容、勤劳有担当的新好男人。

19 终于可以"放风"了

辣妈心情故事

二人世界一下子变成三口之家,公公还躺在病榻上,再加上"梅超风"小姑子一天几次地在电话里咆哮,使得兜爸突然一反常态,情绪低落。即便我和他好好讲话,兜爸也是整日不苟言笑地摆着一副扑克脸。

兜爸的"肃颜"是与生俱来的,他的神情总是看起来很严谨,平日基本的点头礼貌不会少,但和亲朋好友不会闲话家常。而我又是那种"我有我的肤色,不看别人脸色"的骄横之人,再加上刚刚经历产子之痛,没功劳也有苦劳,我想起嫁进他家所受的各种委屈,便又气不打一处来。

7月初,北方小春、小夏还在掐架的时候,三亚已然热到丧尽天良、没有朋友了。其实我对于坐月子的观念还是比较现代和前卫的,加上自己又是医学科班出身,所以不太能接受老思想的"热捂汗蒸",产后第三天我就用热水刷牙洗脸了。只是在洗澡这个关节上,我被兜爸死死地看着。在兜爸的印象中,女人坐月子就该是门窗紧闭,头上系一条毛巾,穿长衣、长裤,棉布袜子伺候着,不能吹风洗澡,宁可捂出病也不能破了老祖宗流传下来的规矩。

最后,还是我接连几日凭借那三寸不烂之舌在"党"内做好了思想工作。就在我屁颠颠地准备洗澡时,一个电话彻底打乱了我华丽丽的

计划。

那个电话,又是"梅超风"小姑子打来的,她像下饺子一般哇啦哇啦说了一堆"她累得扛不住"之类的话,意思是让兜爸快些回去,反正一句也没有提到我和这个老×家刚出生的种,若不是被兜爸顺口提了句洗澡的事,吾等鼠流之辈的媳妇儿,估计是撬不动她老人家的牙口风。

总有些人会打乱你的计划,话是这样讲的:无论你多么认真准备,当事情降临时总有些事会出乎你的意料之外。

"可别让她洗,万一受风了还不埋怨你一辈子啊?"想起我俩对决那次,我的心头便一阵发颠。一边是慈禧太后,一边是李公公,优质男秒杀了我一眼,"哼哼"两声便挂了电话。

"你再忍忍,反正半个月都挺过来了。"墙头草两边倒的兜爸,试着劝我回心转意,却不想换回的却是我的毫不在意。

"我洗澡关她什么事?她不是也洗了么?"我倚靠在沙发上,晃悠着两条长白腿。"万一真受风了,还不是你遭罪,老一辈都说月子是不能沾水的……"兜爸仍试着规劝,被我一口回绝。

"不行,这澡我洗定了,出了问题不用你负责。"我想着近几日不断从衣服里散发出来的酸腐味,以及和"犀利哥"一般能拧出油的头发,小洁癖的我一刻也不想忍了!为何要因为不确定的以后而让现在的自己过得不舒坦呢?

当然,我也不是只要风度,不管温度的。我用提前备好的艾草煮了满满两大桶沸水,让兜爸一桶连着一桶地提到客厅空调旁。世间最悲催的事儿绝不是人死了钱还没有花完,而是在各种焦急等待中期盼热水慢慢变凉的时候。

规矩、规矩,又是躺枪的规矩,按老一辈讲,月子里即便可以洗澡,也不能用"阴阳水"(冷水和热水混合的温水)。盯着那冒着腾腾热气的两桶水,等待了个把小时,我才笑吟吟地跟在兜爸后面进了卫生间……

第四季 家里来了"小魔头"

谁说铁血汉子无柔情啊,你们能想象得到娇小的我在"高帅粗"老公的手下拨弄来又拨弄去的感觉么?

其实兜爸也并非是老古董一窍不通,月子里他每天都会开着窗子透气,热到严重时他也会打开空调来调节温度,麦兜也被这样吹着。而且我一直是短T加大短裤,外加凉拖鞋,并未出现任何后遗症。我最开始还被兜爸管过几句,后来连他自己都快热到发霉了,也就懒得管我了。

80后女性从来都懂得如何爱护自己,即便荣升辣妈,亲眼目睹了身材日渐臃肿,脸庞渐生淡斑的事实,我也从未放弃这场孕育生命与坚守美丽的幸福对弈。

因为是第一次伺候月子,兜爸尤为认真,恶补了好多关于坐月子的注意事项,他最用心做的一件事就是帮我绑腹带。悉心的兜爸早在我孕晚期时就连同兜妹子的游泳池一并给办好了。绑腹带无非是利用生产的机会来调整体型,收缩腹部,防止内脏急剧下垂。借用兜爸的话说,"是很重要的形体改良时机!"

在顺产后的第二天,这项伟大的工程就已被兜爸付诸实践了,我如裹粽子般,被兜爸用长长的带子裹住,兜爸顺着我的小腹至臀部,一圈一圈地捆了个结结实实。许是一直绷着的血液得不到良好的循环,下体充血时我便将它取掉了。从产后第五天开始,我又三天打渔两天晒网地"坚持"着。

我的月子,因为兜爸这个万能的光辉人物的存在,并没有初产女人"坐"得慌乱的窘况。不过初为人母的不适还是有的,比如喂奶、哄抱宝贝以及晚上难以入眠,这些琐碎的事儿都彻底打乱了我昔日的生活节奏。每每看到可爱的兜妹子粉嘟嘟的小脸、乌黑发亮的眼睛,我便也不觉得累了。

没有手机,不能玩iPad,若不是新鲜血脉的加入,我的月子真是枯燥又乏味。出月子那日,刚好和宝宝打预防针是同一天,我早就想借此

机会出去放个风。央求了一早上,我才得到兜爸头不抬、眼不睁的默许。我急忙穿好长衣长裤,带上一顶草帽,拔着两条小短腿就屁颠屁颠地跟着兜爸出发了。可那天早上,我们在路边拦了好久的车,也没等到一辆的士。

"走着去吧,反正也不远。"重见天日的我,俨然被兴奋冲昏了头脑,哪里还管得了尚未恢复的凤体?

"能行么?万一累倒了,我这一个月的工作就前功尽弃啦。"兜爸脸上的每一个细胞似乎都在嚷嚷着不满,可又扳不倒我这头倔驴,兜爸只好将麦兜仰面,抱在怀里悻悻然地走开……

清晨,初升的太阳普照大地,淡金色的阳光直射在缓缓流淌的河水上,若不是驶在桥面的汽车偶尔传来几阵鸣笛声,我便能在此地更好地享受这段静谧而安详的时光。

顺产后的我的确元气大伤,即便只走了个单程,运动量还是有些超负荷。我回来后就觉得腰酸背疼、浑身乏力,特别是那对极具贡献力的后脚跟轻轻一着地就一阵刺疼……

"活该!"兜爸竖着两道重眉,狠狠地从牙缝里挤出两个字。反倒是我不以为然,想着好好休养两天也就不碍事了。没想到费了大半年的功夫,我才调养好了这两只"猪蹄子"。当然,我在此要给兜爸点32个赞啊,他又是勤奋地给俺揉捏,又是打温水给俺泡脚……

曾看过这样一句话:"月子里的女人,嫁对了好男人,你就是块宝,反之则是根草。"这表面看起来清冷淡然、让人有距离感的男人,对心爱的人确实是那么柔情,我就算粉身碎骨也愿意追随呐……

宝妈须知

月子里能洗澡吗？

好多新妈妈都在纠结，坐月子的时候如果洗澡会不会留下病根？但一个月不洗真的很难接受，那么坐月子到底适不适合洗澡呢？

月子里产妇气血虚弱，抵抗力差，易受邪气侵害，容易在洗澡时让风、寒、暑、热乘虚侵入，所以很多人不建议洗澡。

但如今，无论是生活条件还是医疗技术都比以前有了很大的提高，产后洗澡还是可以的，但要做好如下准备：

1. 要淋浴，不能坐浴，避免交叉感染。
2. 要避风，不能开窗，避免受凉。
3. 要热水，不能用阴阳水（即冷热掺杂的水）。
4. 要速洗，不能洗得时间太长，以免出现头昏胸闷的情况。

美妈饮食碎碎念

出了月子，其实身体并没有恢复，产妇应继续保持喝汤的习惯。（可增加盐等调料）

如我一样在月子里洗澡的产妇，可在出月子当天服用驱风散寒的食物：即墨老黄酒500毫升一瓶，红枣4枚，枸杞子10克，生姜4片，加热煮开趁热喝下，然后钻进被窝发出汗即可。

20 宝宝"偏头"怎么办?

辣妈心情故事

我是29岁诞下兜宝的,至今已经两岁的她聪明健康、调皮可爱,长得也算壮实。

每次看到兜宝,兜爸都会挺着那张鞋拔子脸,用颇为自恋的语气说是他的种好。哼!我还说是自己这片地好呢。

在这个"拼爹"的时代,兜妹投胎的时机可能不算太好,非"富二代"也不是"官二代"。对于襁褓中的兜妹来说,父母能给到她的只是两条赤条条的背影。不过有个能"作"的老妈,兜妹当个"作二代"也蛮好。兜爸一路支撑着照顾我,掰着指头算是挨出了月子。可出了关的我却很难兴奋得起来。因为哪里需要哪里搬的兜爸,近70天的假期也进入了倒计时。这便预示着,我即将华丽丽地开启"全职妈妈的全能小时代"。

许是都憋着生"龙子龙孙"的劲了,在兜妹出生的那一年,小区里竟然乌泱泱地多了十几个家庭小成员。按出生日期排行榜,兜妹幸运地垫底成为了"七仙女"中的七妹。

多晒才不会发霉,出月子那天下午,兜妹被第二次赤裸裸地暴露在大庭广众之下,她被左邻右里"挑逗"着、啧啧地称赞着、大呼小叫地围观着。而刚升级的我,也迅速建立了自己的朋友圈,与其他新晋妈妈

辣妈孕事儿

互换着育儿心得。新好男人兜爸,自然也成了众人膜拜的对象。总之,我家一时间成为小区里"三好家庭"的表率。

"呀,你的宝宝好瘦小啊,看着真可怜!"一个二胎妈妈怀抱着近9斤重的胖丫头啧啧地说笑着。她不时地在我身前踱着步子,或将两个娃娃并排着对比,一点一点触动着我的心理底线。与他们家的孩子一对比,兜妹确实是"瘦骨嶙峋"。

在孕晚期时,我圆滚滚的大肚子的确蒙蔽了不少人的双眸。一时间大妈级人物总是热心地帮我推算男女,还有人像赌球一般竞猜着斤数。就连那神一样的老医生也一再叮嘱我别傻吃傻喝的,免得孕个"巨大儿"顺产不出来。

可是物极必反呐,就连孕期也有翻盘的可能啊。不"卸"不知道,一"卸"吓一跳,虽有"金五银六"的说法,可兜妹的小体重生出来就是垫底的啊,从产房到小区,找了几圈也挑不出一个比她还小的。

还有一件让我耿耿于怀的事儿,兜妹在小区出镜的第一天,就躺枪似地得了个"小五斤"的绰号。我听后,心里像被压了千斤重担,可转念一想,宝贝现在瘦不代表身体不好,现在胖也未必代表身体就健康。果然,我卸下了心理的重负,硬是"守得云开见月明"。出生后第二个月的兜妹,体重便一下从6.3斤蹿到了11.8斤,位列"七仙女"的正数第二。此后,兜妹在体重的"福布斯"排行榜上均一路遥遥领先,这完全是我这头"大奶牛"的功劳啊。

"你的宝宝头好像睡偏了啊。"聊天的功夫,一位慈目的老奶奶把头凑近兜妹那拳头大的脑袋两边打探,目光停滞许久都没有离开。

"不是吧,您是指哪边?"我第一时间从凳子上"噌"地窜起来,摸着宝宝的小脑袋仔细地看了又看。

"好像是哦,宝宝的头的确往右侧偏了一些,可是我们怎么没发现?"兜爸不单是相貌看着严谨,平日里也是惜字如金,从他的金口玉牙里敲定的事，百分之八十都是板上钉钉了。说到这里，我还得插个题外话。

　　科技一发达，诈骗分子也是防不胜防！孕晚期的一天，我刚喜滋滋地领完工资，便接到兜爸心急火燎打来的电话。

　　"你快回个号码，好像是包裹被邮局扣了。"刚好我在云南有几个要好的私交，平日里还礼尚往来地沟通着感情。想着兜爸一口唾沫、一颗钉，我便没去证实事情的真伪，只是讪讪地拨通了对方的号码。

　　那位自称来自三亚公安部门的人说，包裹里有违禁物品被查出，要罚款，需要我配合办案，而后对方又七扯八扯地聊到银行卡那里去了。就在我准备傻乎乎地去——照办时，才恍然大悟！差点钱财两空的我，回到家里拧着兜爸的耳朵好一顿数落。

　　一孕傻三年啊，倘若我不丢三落四地将手机放在家里，这条短信又怎会像老鼠屎那样搅了一锅好汤。由此可见，兜爸的一颦一笑在我心目中的分量了吧。

　　言归正传，接着说麦兜头偏的事儿。话说，兜爸一语中地肯定了事实的存在后，我便流了一头的瀑布汗啊，心里像揣着数万只的小鹿。

　　怕是顺产的时候被产道挤偏啦？我这个小人精紧盯兜妹的脑袋，麻溜溜地在心头掐算着。可是为什么儿科的"淡定男"没跟家长交代呢？或是没看出来异样？

　　再扒一个题外话，我第一次顶着虚弱的身躯颤巍巍地和兜爸去看宝宝，正赶上一个刚出生的小男孩因一天未排尿，最后被家长发现没有尿道口啊，让在场的人都吓白了脸，最后只得转去综合性医院做手术了。

　　怀孕何尝不是一场赌博，生个健康的宝宝便会幸福一生，反之则一败涂地啊。我其实很鄙视那些重男轻女的婆婆，媳妇儿生个女儿就从此没地位,还要被离间夫妻感情。我又忍不住爆粗了啊！您就不是女人么？女人又何苦为难女人呢？想一想，这些个媳妇儿悲催啊，嫁个男人似乌

龟啊。

"没事没事,还能睡回来,回头多给她把头朝右侧歪歪。"就在我心焦气躁、伤心难过时,那个老奶奶赶忙补充了一句。

"是睡偏了,我家大女儿当时也是因为我什么也不懂把头睡歪了,只要前三个月矫正过来就没事。""肥头大耳"的妈还算说了句宽慰我的话,并教了我两招补救措施,将我之前看她的暴怒眼神安抚了下去。

这是麦兜习惯性将头向左侧偏睡,而家长护理不当造成的,之前我也试图在她熟睡时矫正位置,可她没一会儿就偏过去了。这回,我用两条毛巾卷成卷,分别垫在宝宝头的两侧,却没想到被她轻轻一斜就压走形了。为此,在麦兜睡熟时身边还需有人一直用眼睛盯着。

最后,还是英勇的兜爸想出一个好主意,将两本厚一些的书抵在毛巾卷两侧,即便兜宝使出浑身解数,也逃不出如来佛掌啦。

起初,这种束缚一直被兜宝抵制着,她的小脑袋活动不开的时候便会号啕大哭,坚持几日后,兜宝的"头偏"情况就好转了,如今那个小脑袋圆圆的甚是可爱。

未做母亲时,我几乎想象不出自己会用何种方式去疼爱宝宝,更不知道该如何地去爱她。我是那种神经大条、性格极其毛躁之人,在育儿的道路上我也曾一度自我怀疑。比如,兜爸上班后,若是宝宝被我养死怎么办?被我不小心弄残小胳膊、小腿怎么办?

我想这是每个新妈妈都会面对的心理障碍,我想说的是,能有这种稀奇古怪想法的妈妈,并不是因为我们太奇葩,而是在这个世界上恐怕没有人比妈妈更爱自己的宝宝了,也更紧张地对待宝宝了。

宝妈须知

宝宝"偏头"怎么办？

宝宝在前三个月不会翻身时，基本都是平躺或侧脸睡，很容易因家长的忽略而形成偏头。

1. 左右轮换着睡，当宝宝睡觉时长时间将脸偏向一侧，看护人应及时将头部转向另一边。

2. 已经睡偏的也不要太着急，在前六个月，小宝头未完全定型时，只要找对方法，都可纠正过来。

要不要给婴儿绑腿？

每当我推着兜妹出去散步时，总有一些人建议我给宝宝绑腿，就是将小宝宝的两条腿竖直并拢，再拿布条绕着双膝部位，一圈一圈地缠起来。此意是，避免宝宝长大后出现"罗圈腿"。对于这些无根据的育儿建议，我向来不予采纳。

新生儿不需要绑腿，腿被绑了会限制宝宝的运动，且会让她感觉不舒服。家里的长辈担心小宝贝的腿不直是可以理解的，但我们养育孩子要靠科学，而不是仅仅凭借自己的想象和猜测。如果家族里没有O型腿或者X型腿，小宝贝的腿就不会不直。

兜妹的腿生下来也是弯的，我也有些担心，但是查了资料后，都说这是正常的，现在宝宝会走路了，曾经的"蛤蟆腿"自然也就直了。

第五季：
辣妈的"全能小时代"

全职妈妈如何大放异彩
烧伤、烫伤，呛奶，撞伤怎么办
和产后"性冷淡"说"BYE"
如何应对宝宝发烧
婴儿急诊的辨别和处理
宝宝的辅食如何添加
"放养"有甜头

21 被"打鸡血"的全职妈妈

辣妈心情故事

当兜妹从我的身体剥离后,这个小"烦人精"除了带给我惊喜,也给我带来了各种烦恼。

在兜妹刚满 46 天的时候,兜爸便不再属于他自己,更不属于我们这个幸福的"三口之家"了。他又开始了一身戎装、两点一线的军旅生活。只是,此次归队的不仅是兜爸一人,还有我们妻女一并随他挪窝。为的就是这对"孤儿寡母"能在兜爸眼皮子底下随时有个照应。

当然,我也曾听老一辈讲:出月子挪窝,宝宝好带。可这句老话用在基因变异的兜妹身上那完全是不靠谱啊。挪不挪窝,对于我来说都是越来越不好带啊。

曾经,我也向往那种相夫教子的生活,觉得每天不用早起慌慌张张上班、不用看老板的脸色,可以每天在家做做饭,空闲时带孩子溜个弯,下午慵懒地喝杯茶,日子过得也是惬意无比。可真正走上"当全职妈妈"这条不归路时,我才知道这是一场多么痛的领悟。

娃要自己带、饭得自己做、衣服自己洗,卫生自己搞!我每天全身像被打了鸡血一样见缝插针地干活,不得不说工作效率是杠杠的啊!说到这个份上,我还真得扒一扒我这全职妈妈痛苦的一天啊。

  产后46天，我就不得不拖着尚未修养好的身子从兜爸手里拿过了"接力棒"。每天早上6点左右，兜妹这只早起的"鸟儿"便开始"觅食"了。睡意正浓的我也曾美美地想着，只要牢牢抓住"母乳"这个神器，随意甩去一只也便解决了兜妹的吃喝问题，那我真是大错特错了。

  一日之计在于晨啊，吃饱喝足的兜宝接下来就该好好琢磨一下发音技巧了。先是"哦……哦……啊……啊……"的磨磨嗓子，接着啃啃被子、咬咬脚丫、吮吮指头。然后侧翻、拱臀、高抬腿，再不时地朝似睡非睡的我踢上一脚，最后再练习一下女高音。待月份大一些，兜妹的大小便形成规律后，除了每天早上招呼她吃奶，我还要处理兜妹随之而来的"二便"问题，我自然是没有懒床的道理啊……

  照顾兜妹的吃、喝、拉、撒、睡，每一项都耗费着我无限的精力。兜妹自月子里就遗传了我小洁癖的特征，只要尿不湿里的污秽迟一步清理，她便会传来吵闹声。这也便预示着每天天刚亮，我忙碌的一天要在伺候宝宝的吃喝拉撒中开始了。

  书本上曾说："宝宝出生1周就能盯住人的眼睛看了，6周以后就会对人微笑了。"对于像兜妹一样的小婴儿来说，不在眼前的东西就是"不存在"。被逼上梁山的我，无论是如厕还是吃饭，都会抱着兜妹，像被"狗皮膏药"死死粘住一般。

  待宝宝上午睡觉时，我要一件件地手洗妹子换下来的衣物；待宝宝下午睡觉时，我又要接着煮饭做家务。在宝宝连轴哭的时候，我不但要保持冷静，还要有同时做几件事的能力：洗衣机洗着衣服的时候，锅里再煲着汤；逗着宝宝吃奶的情况下还能上个网……自我当了全职妈妈，又何尝不是天天都在自我训练这些超级保姆的能力？

  晚上10点多，我终于可以慵懒地睡下了，可夜里还有各种忙不完的事儿。母乳喂养的兜妹大多是2个小时醒一次，有时嘬嘬奶头就睡了。若是碰到她心情不好，"作"上大半夜也不是没有可能的。白天不能睡、晚上不够睡、全年不能休,还要24小时"On Call",尚未从产后虚弱中完全恢复过来的我,也一度因过于疲劳瘦了不少。

麦兜刚过百天的一个夜晚,疲惫不堪的我在兜爸和宝宝还没入睡的时候,便已在梦里和周公约会去了。大约睡到半夜2点左右的时候,我被一旁的兜爸轻轻摇醒。

"快起来,你怎么尿床了呢?"许是怕突然惊到了我,兜爸唤我的声音很轻柔。不得不说,我在床上"画地图"的事,还是盘古开天地头一次,以至于睡得迷迷糊糊的我,第一时间便将手塞进了兜宝的屁屁下面。

"是你自己尿了,摸人家做什么。"一语惊醒梦中人哪!兜爸用左侧手肘半撑起身子,迅速将我的手放在了"地图"的位置。恰好手指有点凉凉的感觉,我猛地惊醒发现自己彻彻底底地尿床了,屁股底下湿了好大一片,真是节操碎了一地……

我只记得,梦中的自己急于小解,却因身子过于疲乏怎么起也起不来,于是便"嘘嘘"了,而且量还特别大,一放开闸便尿了个没完。没想到,"假戏真做了"……

"看来,我不仅养了一个小宝宝,还养了一个大宝宝啊。"兜爸半开着玩笑帮我更换着被褥。

可我却像开了闸门的洪水,感觉是压抑太久的情绪突然爆发出来一般,一屁股坐在地上哭了起来。

"别哭,尿就尿吧,坚持到麦兜三岁,就没这么累了啊。"兜爸温柔地将我揽在怀里。

对于我来说,这不仅仅是打心底窜上来的羞涩,更是初为人母后经历的心酸、疲乏、空虚、自卑、迷茫交织在一起的情绪宣泄。

那时的心境,正如《辣妈正传》所述:"怀孕了,你们都说坚持九个月,生完就好了。现在生完了,你们又都说,再坚持一个月,出了月子就好

了。等我出月子你们又都说,再坚持三年,孩子上了幼儿园就好了。然后再坚持到上学,他毕业、结婚生子,那是坚持一段时间吗,那根本就是坚持一辈子。全职妈妈就是,衣、食、住、行你全包,喜、怒、哀、乐你接招。"

兜爸一声不吭再一次失语了,也只有他才是最了解我的那条蛔虫,他只是静静地躺在床上弓着背,任凭我对他边捶边打。

每天窝在家里、终日抱个孩子、一脸倦怠的我……你们一定无法想象曾经的我。每月大几千的固定收入外加稿费,我的生活过得着实舒适且具有较高品质。若不是没有合适的人带宝宝,事业心极强的我当然是不甘心就这样宅在家里。这种落寞感不仅来源于带孩子本身的不易,还有那些事业、家庭两不误的职业女性给我带来的刺激。

终于有一天,我的情绪突然疾风暴雨似地爆发了。可是望着襁褓中兜宝无比依赖的眼神,我便又退缩了。我不知道自己坚持的"独立精神"和事业到底有没有真正的意义,更不知道小小的女儿在缺少了妈妈的悉心照顾后会有什么改变,但忧虑和遗憾使我每天都活在痛苦和矛盾中。

"你是一个人带孩子吗,为什么没人帮你啊?"

"啧啧,你的这种生活,现在哪个80后能受得了?"

"我若像你整天带着孩子,估计早就疯了。"

"你真是太能干了,太佩服你了!"

"嗯,的确,我就是一个人带孩子的全职妈妈,呵呵。"曾有一段黑暗的时期,我不仅遭受着旁人对全职妈妈抛来的鄙夷目光,更因严重休息不好、体力透支,一度心情郁闷到极点。有时候觉得自己很委屈,每天眼泪控制不住地往下掉。还有的时候,我看什么都不顺眼,觉得自己丑,看不起现在的自己。意料之中的事是,我患上了产后抑郁症,而且此次抑郁持续了一年。

"她就那么让你烦么?麦兜的出生应该让你感到骄傲和自豪。"一天，在给兜宝洗澡的时候，兜爸看着麦兜肉嘟嘟的小模样反问我，他那个得意劲儿真是溢于言表……

每一个孩子都是上苍馈赠给父母的珍贵礼物，有喜、有忧、有欢乐……只是，身为全职妈妈的我，当时还并未在比较混沌的思路上明确一条主线。

而那条主线就是——分一点爱，留给自己！

宝妈须知

围城里有一句话说得好："城里的人想出去，而城外的人想进去。"其实这也是职场妈妈和全职妈妈的真实写照。

很多和我一样的全职妈妈期待又恐惧着当职场妈妈，而那些因不能每时每刻陪伴在宝宝身边的职场妈妈，又多么想回归家庭。其实，无论是全职妈妈还是职场妈妈，从成为妈妈的那一刻起，我们就注定不平凡，注定着与孩子挂上一辈子的钩。

所以，我们要做的就是好好珍惜现在，好好珍惜和孩子在一起的时光，也许明年，这种陪伴就成为一种奢侈呢！

1. 培养良好的生活习惯

三餐不能正常吃，宝宝睡觉时又要做家务，偶尔有个头疼脑热的也不能放假……这便是我当"全职"那会儿的真实写照。之所以这样混乱，是因为我一心扑在兜妹身上而忽略了自己。如果重视自己的饮食起居规律，也不会因体力透支而致身心疲惫。

2. 做好日常规划

妈妈们要意识到"全职妈妈"只是一个职业，而不是终生的事业。妈妈们可发展自己的兴趣爱好，建立自己的社交圈等，为重回职场做准备。

3. 摆正自己心态

在家庭中，父母和子女的关系就像一个等边三角形，在家庭育儿中，妈妈和爸爸的付出应该是对等的，全职妈妈更不能做家里的仆人。

4. 学会分享负担

全职妈妈的苦，不仅来自身体，多半来自心灵。自己没有收入，要伸手向丈夫要钱，久而久之便会出现自卑心理。此时，不管是家务还是精神上的负担，妈妈都要及时找家人沟通，千万别让自己变成怨妇。

22 丢魂的一夜

辣妈心情故事

10月的三亚，人们虽不会被炽热的阳光烤到外焦里嫩，但不靠谱的台风也是说来就急着来了，让人毫无心理准备。

第一次见识台风，还是在2007年的国庆黄金周，刚好兜爸和我喜结良缘。早在一周前，兜爸就已向亲朋好友们散发了请柬。请柬上写明：10月6日于某海景酒楼设宴助喜，届时恭请光临。却没想到突如其来的台风险些把我们的美事刮跑。

从10月2日清晨起，10级以上飓风夹裹着暴雨，发出山崩海啸般的怒吼，将小小的海岛洗刷了一遍。楼房外面，不时传来残旧建筑物的倒塌声、树木的断裂声。被困在家中的兜爸，内心被风雨搅得异常闷燥和焦急。我只好摸着那层层叠叠的纱、朵朵绽放的花，在失落中不断透着期待。好在经过几天暴风骤雨的搅和，台风前脚走，高温后脚到，我不停地对观音菩萨碎碎念，最终婚礼如期进行了。也是从那一年起，每年进入10月，我的内心都像被蒙上了一层阴影。

"今晚可能台风会来，如果不防台风我就回去陪你。"台风就是命令，防台风重于泰山。在我的记忆中，貌似没有一次超强台风是在兜爸的保护下度过的。此话便也不能在我心中掀起任何波澜。

"哦，知道了。"我故意压着嗓子，不仅是因为害怕，而是宣泄着

辣妈孕事儿

"内心最需要人陪时却没人陪"的伤感。

大概午后4点不到,远处山顶四周弥漫的深黄雾气越发浓重,隆隆的震动声也预示着暴风惊雷天气的到来。果不其然,不出半个小时,阴暗的天幕骤然一亮,一条红色裂缝蔓延开来,穿过厚重的云层又急速消失,随即金色的火花在云层中跳跃出一大段距离,如同电线被切断的火花一样闪耀迸射。

大雨夹杂着冰雹倾泻而下,让在我怀中熟睡着的兜妹猛然醒来,她惊奇地看着窗外的景色,听着窗子发出剧烈的声响,不一会儿,兜妹"哇"地哭了起来。许是兜妹从未见过如此心惊胆战的场面,所以扯开嗓子号啕大哭,任凭我怎么哄都不行。

"喔……喔……宝宝不怕不怕,有妈妈在!"兜妹的哭声也让我方寸大乱,我双手呈环抱姿势并将脸一直贴在她的额头。着实不敢想象,夜里这个小人会带来怎样的哭闹。

就在此时"啪"的一声响,更可怕的事情出现了。狂风暴雨的肆虐使线路出现故障,整个部队家属区都停电了,我和兜妹沉浸在一片惊雷滚滚之中。

"你别怕,是不是没吃晚饭?等下我若方便就送一些回去。"兜爸没在电话里多说什么,但能听出他此时的心情比台风更乱。

"喔,摸摸毛吓不着,摸摸耳吓一会儿。"抱着宝宝蜷在墙角的我,对受惊的兜妹吃力地进行安抚,并没对兜爸的话抱有任何希望,因为我知道,他百分之一百二是回不来的,希望越大失望就越大。

雨中的黑夜来得特别早,早已饥肠辘辘的我瞥了瞥窗外已笼罩下来的暮色,再看看毫无动静的门锁,便搂着兜宝躺下了。

屋外尚未停息的暴雨,也注定让这个夜晚成了不眠之夜。半夜里,炸雷再次响彻天际,一道强似一道的闪电如白昼般闪过窗前,让我的心跳一级比一级高。侧着身,我狠狠地环抱着吓到身子一挺一挺的兜妹,自己却被屋外鬼哭狼嚎的风啸声吓得不敢入睡。

自下午就水米未进的我，此时胃部已经饿到绞痛。特别是让兜妹进行了连续数次的吸吮后，我胸前的两只"奶袋子"更是瘪得像只泄了气的皮球，一直充盈不起来。倘若再不来点奶，恐怕这一夜小宝宝就该饿肚子了。

胆子小是我这辈子的硬伤。记得每次夜里出现惊天响雷时，我都会将自己蜷缩在被窝里，连头也不敢伸出来。

许是当了妈妈后，才使自己慢慢变成了真正的女汉子。纠结了片刻，我便一鼓作气地从被窝里爬了起来。我提心吊胆地在房间里找了一圈，也没寻到像样的食物，只看到一只躲在墙角的大椰子。

吃不饱能解渴也算法外开恩呐，怕惊到宝宝，我蹑手蹑脚地关好卧室门，抱着椰子便进了厨房，学着兜爸砍椰子的样子，我抡起手中的菜刀向椰子狠狠地劈了下去。结果菜刀小，钢口不行，一刀下去怎么也拔不下来了。关键时刻连个"拔刀相助"的人都没有，我想起嫁给军人过的苦难日子，眼泪便像泄洪一样唰唰往下淌……

我从充满希望到绝望，只用了一个砍刀的时间啊！渴到喉咙冒烟的我再一次似疯牛一般对椰子发起了"进攻"。如泄私愤般，我在对椰子进行了一番连续的脚踢和摔打后，卡在椰子上的菜刀终于掉了下来。我一鼓作气，又接着砍了十几刀才终于碰到了里面的硬壳，而此时我的右手却被磨得火辣辣的，感到生疼。好在一股宜人的椰香味袭来，让我渴到发紧的嗓子终于宽敞起来。

就在我黑灯瞎火地摸进卧室的那一刻，一个惊天响雷再一次打破了房间的宁静，感觉墙壁都要被劈开了似的。熟睡中的兜妹被再次惊到狂哭不止。直到我支着晕沉沉的身子躺在床上，又轻轻拍了她的后背，宝宝的哭声才算慢慢平息下来。

"船迟偏遇打头风，屋漏偏逢连阴雨"，肆虐了一夜的狂风骤雨，

不仅刮得窗子咣当作响,雨水也沿着窗缝渗了进来,一会儿的功夫便将床铺打湿了一片。更严重的是,雨水还沿着墙壁的裂痕,一股股地流到了地面,我低头一看,脚下一片汪洋……

那一夜,兜爸在外防台风,我在家"排洪"。原本已经困到眼皮都懒得眨一下的我一下子也没了睡意。我先是小心翼翼地将宝宝移到床尾仅有的干爽位置,然后将飘窗上渗进来的雨水清理干净,再用干布将窗子的缝隙堵住,最后将床下的积水扫进卫生间。

忙了大半个小时,一直倒灌的雨水让我累到精疲力竭,我索性扔下工具,靠墙坐在椅子上长吁短叹了一会儿便睡着了。好在雷声逐渐退去,兜妹也便没有再被惊醒。

次日一早,下了一晚的雨还在继续着,只是节奏轻快了,淅淅沥沥、滴滴答答,少了闷雷的伴奏,天空也算平静了不少。兜妹也睡醒了,她眨着核桃似的大眼朝着我笑。被电闪雷鸣一次次惊到大哭的她,估计也并不记得昨晚发生了什么。因为,只要每天睁开眼就能看到妈妈,对宝宝来说便是最好的晴天。

"你饿坏了吧,快吃吧。我,我昨天实在走不开……"不知何时,兜爸也在防台风任务解除后的第一时间提着早餐跑回家里。那一身来不及换下的行头,足以证明那颗为妻女着想的心。

"昨晚都吓死我了!"我又一次抱着兜爸煽情地哭了,泪水一滴一滴地掉在兜爸结实的手臂上。但这次,并非是自己太矫情,而是在困难面前,我又勇敢地挺过来了。

宝妈须知

在宝宝的成长过程中，难免会出现意外状况，这些大多出现在会爬、会走的时候。但伤害程度可大可小，主要看新妈妈们能否在宝宝发生意外的瞬间及时发现，给予适当的处理以减低伤害程度。下面，我列举几个常见小例子：

1. 烧烫伤：在宝宝意外伤害的事件中，烧烫伤发生的频率及数量都相当高。

最常见的是，热腾腾的饭菜或饮料摆在铺有桌巾的桌子上，孩子轻轻拉着桌巾很容易将这些东西一起拉下，让汤汁烫伤身体。或者家里使用的饮水机轻轻一压时，有水流出，这会引起小宝宝的好奇心去触摸，不小心会烫着宝宝。

只要是热的物品，如汤锅、粥、羹、热饮等一定要远离宝宝。

处理方式：

若出现以上情况，伤势不重可马上用冷水冲洗，反之则需及时就医，避免随意使用牙膏、大酱等涂抹伤口。

2. 呛奶：宝宝在1岁之前很容易出现呛奶的情况，主要是吃太多或是未排气之故。

出现轻微的溢奶、吐奶的情况时，宝宝自己会调整呼吸和吞咽的频率。若在平躺时大量吐奶，妈妈应迅速将宝宝的脸侧向一边，以免吐出物向后流入咽喉及气管。之后，妈妈再用小棉花棒帮宝宝清理鼻孔，避免堵住呼吸道。

处理方式：

当呛奶严重致使宝宝憋气不能呼吸时，大人应用力拍打其背部或刺激脚底板，使宝宝因疼痛而哭，加大呼吸让他吸氧入肺。妈妈每次喂完奶后，要帮宝宝拍嗝排气，避免宝宝吃太多。

3. 撞伤：婴儿期的小宝宝因头重脚轻又无空间概念，善于翻滚，很容易摔跤并从床和沙发等处跌落。

因力道过大冲击到胸部、腹部或头部，可能会引起如骨折、脱臼等外伤或引发脑震荡。为避免宝宝受到伤害，家长除了要做好看护，还应在床铺等位置添装护栏等。

处理方式：

查看有无明显外伤，跌落后宝宝有无啼哭，事后会不会出现嗜睡、哭闹和呕吐等症状，并注意观察其进食及精神情况，如有意外应及时就医。

23 产后性生活

辣妈心情故事

在我的望眼欲穿中，兜妹一晃长到了 6 个月，让我的成就感瞬间又上升了一个台阶。因为在我一把屎、一把尿的拉扯下，兜妹的年龄终于能按"岁"算了，哪怕只有半岁而已。

记得我曾在 QQ 签名里写下这样一句："若问世间无聊到极品的活，一定是如我一般当个老妈子。日复一日地重复着，人却无从逃脱。堪比春晚舞台上的小彩旗，看似风光无限，却只能在原地打转。"

我承认，在这整整半年里，我唯一的身份就是孩子的妈，并不是真实的自己。那种"挺尸"的状态让我一度对未来的日子感到迷茫。

每天除了带好兜妹，我做的最多的就是买菜、煮饭、洗衣服和打扫卫生。有时感觉，自己跟社会已经有些脱节。

特别在睡眠严重不足的时候，我那坏情绪的小火星便会溅到"躺枪"的兜妹身上。比如她总是缠着我抱，或是又撒尿到我身上，我就会歇斯底里地嚷嚷。看到兜妹先是一脸惊愕，而后泪珠在那忽闪忽闪的眼睛里打转，我便愧疚万分。兜妹的人物雏形虽是被我勾勒出来的，可我的情绪却越发陷入了低谷。

书上说：在生育之后，夫妻之间的性生活会达到爱情的"第三个顶

辣妈孕事儿

峰"。第一次是蜜月的时候,叫作"水火不分的爱情期";第二次是怀孕期,称作"水火分明的爱情期";而第三次便是生育后,则为"水火交融的爱情期。"情爱本是男女最原始的冲动,是亲密默契的,没想到"性福"到了我这里却如临大敌。

自孕中期左右,我和兜爸便很少行房事了。其实,每个男人在妻子怀孕至产褥期间,都要忍受漫长的无性生活,这也正是考验一个男人是否爱妻子的真正时机!如果他深爱她,就会倍加爱惜妻子的身体,待到妻子身心痊愈的时候,再去好好享受这份来之不易的"性福"!温文尔雅的兜爸便是这样一个优质男。

吃过"百天酒"的那个夜晚,兜爸掀开被子躺在了我身边。他伸开长手臂揽过我的头,紧紧地把我拥在怀里,他深吸着气把头埋在我脖子上,沉声说:"期盼了近一年的梦想终于可以实现了……"说罢,一个翻身压了过来,并将我紧抓着衣摆的手拿开。早已为人妇的我,心中无比明了:这个晚上将是怎样的天雷勾地火。

我却颤抖了一下,弓起双腿一脚踢开了兜爸。许是我对分娩时不良的精神刺激仍存有阴影,或是因为这么久以来我一个人抚养宝宝过于劳累,所以才会有这么强烈的条件反射。当时我确实只想静静地搂着一旁的宝宝睡觉。

"你只需闭上眼睛就好,剩下的交给我。"兜爸施展着肢体抚摸的"伎俩",然后再用暗示的言语,一步一步地将我往道上领。

但很奇怪,同样禁欲了一年之久,我却不像从前那般"一触即发"。整个过程中兜爸依然沿用着老方式,结果却差强人意。

"啊,疼!"伴随着我的一声惊叫,兜爸迫不及待的动作嘎然而止。

兜爸用手搓搓脸,显得极为无奈和沮丧,他又一个侧翻滚回原位,欲罢不能的神情让人心疼之极。

"没关系,等你准备好的时候,就给我一个暗示吧。"兜爸爱抚地摸着我的头，一时间他像一只泄了气的皮球，精力全无了。

那一刻，把头深深埋在被子里的我却哭了，哭得好伤心。也许此刻只有自己知道，我是因为那不再完美的身材，才对兜爸说出了极其不厚道的谎言。

虽说我出月子后也瘦了一些，但那一坨松到人神共愤的大肚腩，却深深地印刻在我的脑海里。我一想到那一票白花花的猪肉赤裸裸地摊在兜爸眼前，也便提不起了性致，强烈的自卑感袭来。

"小傻瓜，不管你变成什么样，在我心里都是最美的。"心细如尘的兜爸啊，你真是我心目中的最美男神。那夜，兜爸没再强迫我做什么，而是安抚着我沉睡了过去。

都说女人三十如虎，可产后的我甭说是"怀春"，就连春梦也从未做过。我知道是因为有了宝宝自己身心俱疲，所以忽略了对兜爸的关心。我更知道女人患上"性冷淡"的毛病，是对男性最大的嘲弄。

男人在妻子怀孕期间出轨，或许很大一部分原因是他们无法忍受"空虚寂寞冷"，所以才会让一些人趁虚而入吧。

"你的情况和我一样，在中医上称为'阴冷'，西医又叫'性冷淡'。"

"你还是要自己调节哦，这样下去会影响夫妻关系的。"

"辣妈，我也是，我都产后快一年了，现在见了那事也是想躲。"

从小到大，我很少研究男欢女爱的事情。那段时间为了能让自己像个正常的女人，我只好背着兜爸跑去某两性群和一些产后妈妈谈论男女床笫之事。虽说难为情，终归是医学科班出身，也没怎么拗口为难。

无性的日子更要和老公做足亲密功课，当小别胜新婚的兜爸再一次喘着粗重的声音，俯下身子轻轻含住我的嘴唇时，疲乏了一天的我依旧无法从心底烧燃起熊熊欲火。

特别当睡梦里的兜妹突然哼了一声，我就会变得异常敏感。从那以后，这种身为母亲的本能也难以让我在男欢女爱时全情投入，我总是提

心吊胆地想着宝宝是否会突然啼哭。更糟糕的是,想到兜妹就睡在身边,自己却和老公这般纠缠,便觉得自己不像个端庄的母亲,于是性欲终究还是无法被唤起。

"你做那事就那么有意思么?"越想越有种行苟且之事的感觉,我像极了《非诚勿扰》中秦奋遇到的那个性冷淡的征婚者,很直接地将兜爸一把推开。

即将高潮迭起的兜爸狠狠地捶了下床板,无奈起身。

许是没有了床上那点事作为感情的融合剂,那几天,兜爸和我突然像两侠士般看着互不对付。除非在必要时候,你问我答干巴巴的两句外,其余时间都是互不搭腔。虽然还会在人前装出精力旺盛的样子,可是没有人能读出我们心中的痛苦。

而一对真实的人,是需要"性福"的。

记得,贾平凹的《废都》中曾有一段描写,"两人结婚多年,已经没有激情的感觉,房事之前要先看段录像。"还好在我情致最低迷的日子里,一直有"高帅粗"的兜爸悉心陪伴。兜爸并没有对我"放弃治疗"而去外面沾花惹草,反而随着我慢慢走出产后抑郁症的时候,那份迟来已久的"性福"也不期而遇了。

话说,在我晒出这份闺房秘事的时候,内心是狂跳加缺氧的。如果让保守的兜爸知道,我在拿隐私说事,指不定会遭来怎样一顿痛批呢!

如今想来,暂不说产后的生活"性不性福",但起码和兜爸一路走来的幸福生活的确是真实的。人世间又有谁能像兜爸一样,始终在我生命的最低谷陪伴左右呢?

宝妈须知

新妈妈如何应对"性生活"?

虽然新妈妈在产后一直沉浸在为人父母的喜悦之中,但想要再次进行性生活,新妈妈的身体需要一段过渡时期。

1. 不要急于求成

产后因生殖器官均未恢复至正常水平,不建议较早开始性生活。

(1)顺产应八周以后,剖宫产需三个月以后。

(2)大多数女性产后第一次性生活都不会成功,所以不成功是正常现象,不是有什么病。

(3)产后,夫妻双方都必须学会重新适应对方。

2. 调整自己的心态

产后势必会造成身材走样,特别是顺产的妈妈,担心因产道松弛不能在对方面前有更好的表现,心理压力巨大必然会影响到性致。此时丈夫应不断鼓励妻子,让她们发现自己产后的母性美,帮助缓解情绪。

3. 身体多多接触

不得不说,女人一有了孩子,重心便有了倾斜。比如为照料宝宝夫妻分床睡或让宝宝睡在两人中间。久而久之,夫妻间少了亲吻、爱抚等肢体碰触,又怎么能快速擦起火花?

4. 丈夫要有耐心

产后卵巢激素分泌较低,会抑制女性的性欲。疾风暴雨式的性爱不仅不能唤起性欲,而且极易造成阴道的损伤。丈夫在此时应多给妻子一些理解和支持,且不能因为"无法满足"而去找小三。

24 "独行侠"的灭火记

辣妈心情故事

时间这个东西很奇妙,有时觉得它过得慢吞吞,大有度日如年的感觉。有时你不去刻意关注,它却如攥在手中的沙,悄无声息地就溜走了。

"养儿方知父母恩",难怪早在孕期时,每每我挺着瓜瓢大的肚子累到眉心紧锁时,某人便会扬起"一指禅"点着我的肚子说:"这就受不了了?等宝宝出生了,你就会怀念现在的日子有多舒服呢。"这种不疼不痒的话,我向来嗤之以鼻。

刚满8个月的兜妹非常惹人喜欢,她眼睛圆溜溜的,有着长长的睫毛、雪白的皮肤和粉嫩嫩的小嘴,那肥嘟嘟的小脸下面,硬是被我喂出了一层双下巴。虽说我整天日复一日地经营着全职生活,每天累到吃不好也喝不好,甚至经常扶着墙跟都能睡着,但我也十分庆幸自己能见证宝宝成长中的每一步。

自从出了月子,之前集保姆、伙夫、月嫂于一身的奶爸,便摇身一变"打酱油"去了。每周回来的那一两次,兜爸就像是家里的太阳,带给我和兜妹无限温暖和光亮。倘若执行任务,兜爸便会自动开启"隐身"模式,小则两三天,大到十天半个月。而我唯一能做的就是:安心照顾宝宝,顺便分出点心去牵挂潜在大海里的那个他。

"你照顾好自己,等我回来再联系。"那天下午,接到电话我就心领神会了。兜爸轻声细语的口气里带着满满的牵挂和不安,我听着很是销魂。

"知道啦,不用担心我。"作为军人的妻子,我早已习惯了一个人的生活。可是每次挂断电话,我心里都是五味杂陈。平日里和兜爸虽说不能经常见面,到底是共同生活在一个空间里的人。可一旦兜爸潜入了海平面以下,我的心里便会空落落的,感觉身在异乡孤伶伶的自己一下少了依靠。

那日,一整天都精气神十足的兜妹到了晚上突然少了一丝神采,她坐在婴儿车里卯着劲拉扯我的衣襟,并不时从嗓子眼里钻出两声尖嚎。

"宝贝,你要嘘嘘么?"我俯下身摸了摸兜妹的小屁屁,发现是干的。反倒是这个暧昧的动作,让哭声刚平息的兜妹再一次"哇"地哭开了。号啕声阵阵刺耳,狠扎心尖,兜妹肉嘟嘟的小脸哭成红苹果。

忙着洗碗的我实在是腾不出手,便没有理会。个性十分执拗的兜妹哭得一声比一声惨烈,她在车里挣扎着两只小手左摇右晃。

"天啊,怎么发烧了?"我实在受不了这种坑爹的哭声,一把将她抱在怀里,却发现兜妹浑身滚烫,像极了刚烧开的热水壶。若我没记错的话,这该是自"两箱罐头换回来"那次后兜妹头一回生病。难怪听人说,宝宝过了6个月以后,就会迎来免疫力的分水岭。

摊上大事了!全能无敌小宇宙的我在关键时刻也是个吓得腿脚哆嗦的主儿,内心不够沉着和淡定。

我在慌乱中抱着宝宝在屋里绕了几圈,才想到去测体温。我万分忐忑地取出体温计,焦急的心情不亚于等待高考出分的那一刻。

"38.5℃!"好在烧得不太高。

我单手抱着兜妹,腾出另一只手翻箱倒柜地找出退热贴,沿着兜妹的额头至太阳穴贴了整整一圈。突然有凉丝丝的东西被我生硬地贴在脑门，兜妹像受了惊一般在我怀里死命挣扎。她大声哭叫着，我心急如焚。我也恨不能有立竿见影的效果，遂又捏开兜妹的嘴狠狠地灌了几勺水，二人"博弈"的全过程犹如两只斗鸡掐架一般。

　　宝宝大哭时会加速血液循环使体内代谢更快，已经噱出一身汗的兜妹接着也退烧了。看着渐渐入睡的兜妹，我的内心反而更加忐忑不安，一会儿摸摸宝宝的头，一会儿起来给她盖盖被子，听着她在睡梦中不断地哼哼唧唧，困到上下眼皮能擦出火花的我硬是瞪着两只鱼泡眼没敢睡着。

　　医书上说，宝宝发烧时体温会上升比较快，且会越烧越旺。严重者还会烧坏大脑，手足抽搐……果不其然，在不到1个小时里，兜妹的体温便回到正常状态，可是稍不留意又像弹簧一般蹦得老高，一度濒临40℃的红色高温警戒。我历来是个行动派，担心兜妹的脑袋被高热烧出后遗症，便一鼓作气地抱起宝宝朝医院奔去。

　　你们一定想不到，向来怕黑不敢走夜路的我，那晚是鼓着多大的勇气在路上策马狂奔吧？我站在路边死死地抱紧兜妹，像参与反恐的警犬机警地侦查着周边的一举一动。怕被劫财劫色，也担心宝宝被突然抢走，当然，打劫的若是会武术，谁也挡不住。好不容易拦到一辆车，我便迅速地打开车门窜了进去。

　　"美女，单身么？这么晚还自己出来？要不要我陪你？"车子刚驶了一会儿，司机便不时地从后视镜窥视着我，嘴角扬起算不得笑的弧度。

　　有些人长副好皮相，自然给人第一眼的好印象，而这个司机却没生得一副好皮囊。细细碎碎的刘海遮住了他那大半张干瘪的脸颊。其实我在抱着宝宝外出时，反侦查能力是很强的，每次打车都会在车外打量下司机的品相，只是这次天黑事急，没得选择。

　　"喂，老公，我们马上就到医院了，你出来接吧。"面对司机猥亵的挑衅，坐在出租车后座的我唯一能做的便是面无表情地佯装打电话，

辣妈孕事儿

可又有谁知道,在那平静面孔下我的心里隐藏着怎样的波涛汹涌?

到了医院,顿时有种逛夜市的感觉,我抱着高烧不退的兜妹排在长长的队伍后面等着挂号,身心疲惫的我真是欲哭无泪。约莫过了一刻钟才七拐八拐地找到了儿科,急到我胸口像塞了团棉絮一般。

"住院吧。"眼前的女医生面无表情,说出的话也是毫无感情色彩。她先给兜妹挤了两滴美林,接着甩了一张入院通知单让我去办手续,前后不到两分钟。

"要不,我也给她吃这个观察一下吧……"我自是有备而来,掏出了和医生手里一模一样的"退烧神器"。

"随你!"不等我把话说完,女医生便回答。

说到那晚从儿科出来的时候,我还有一段被吓到鸡飞狗跳的经历。现在想起,心还是会吓得拔凉拔凉的。我虽是医学出身,却晕血怕血。不得不说,选错了专业无异于慢性自杀啊。

记得刚分到医院去外科实习时,刚好赶上一位子宫肌瘤患者做手术,小女子我硬是被带教老师一把拽进了手术室。怂包的我,怯怯地躲得老远,两条腿抖得差点掉一地的鸡皮疙瘩。尤其在看到患者白花花的大肚皮被"开膛破肚"的时候,我两眼一摸黑便吓得失去了知觉。后来这个天大的笑柄发疯似地传开了,医院里不知有多少人靠这个笑话又多活了好几年。

打那以后,我见到血便有了更大的恐惧感,以至于后来一步一步地走上了"弃医从文"的道路。

话题再转回那晚,由于儿科在新修的门诊大楼,在阴森的楼道里,我一路胆战心惊地小跑着。结果在急促的急救车鸣声后,我还是和一路行色匆匆的医护人员撞个正着。目光来不及躲闪的我一眼瞟到了血腥的一幕……

一个被打到颅开脑裂的人躺在担架车上,血肉模糊的脑子在那一跳一跳……怂包样的我顿时有一种心脏失重的感觉，于是抱紧宝宝迈开两条小短腿就冲出了医院。最后，我一屁股坐在了马路边上，感觉自己双腿酸痛发麻，浑身冒虚汗，像刚从水里浸出来的红薯藤。

作为军人的妻子，光练就独居的生活习惯是不够的，还要时刻鼓起勇气独自去"求医问药"。想到这里，泪水便顺着我的脸颊无声地流淌。

一番折腾下来，我到家时已近凌晨1点，吃了药、退了烧的兜妹已经安静地睡着了，而我却真的失眠了。只要一闭眼，那堪比吸血鬼的"恐怖片"就一直在眼前晃悠，吓得我一夜没敢关灯……

许是我不停地用酒精给兜妹擦拭身体，不停地给她喂热水，宝宝才没再出现高热的现象了。只是没想到，折腾了一夜的我却光荣倒下了。一夜未合眼的我，被抽走了身上最后一点精神气。头昏昏沉沉、口淡而无味、喉咙痒而烧灼，一种无以言说的痛楚涌上心头。病毒的疯狂肆虐，终于让有着"小强"一样坚强体魄的我失守了，这场感冒就像一场谋害，让人恹恹不振。

幸福的事，不是从来不感冒，而是感冒了身边仍有人端药送水。可此时歪倒在床上的我，只能把家中所有的担子都自己挑起，然后自己去面对、去克服。也是做了妈妈后，怂包样的我才真正学会了忍耐，学会了坚强，学会了独立。

不要问我为什么，当你怀抱着一个柔弱的小生命时，一瞬间便会有了答案。

 **宝妈须知**

新妈妈如何应对宝宝发烧？

对于新妈妈来说，带宝宝将会面临很多问题。宝宝刚刚从妈妈的肚子里出来，对很多事物都很敏感。

宝宝发热有多种因素（受凉、受热或感冒病毒），所以妈妈不能随便让宝宝吃退热药，正确判断宝宝发烧的原因才是关键。

宝宝正常的腋下体温应为36℃～37℃，超过37.4℃是发热，一般无需吃药，只需进行物理降温，若超过38.5℃，则需合理用药。宝宝的体温在某些因素的影响下也常常会出现一些波动，如进食、哭闹、运动，或者衣被过厚、室温过高等，都会让宝宝的体温升高。如果宝宝精神好，又无其他明显症状，则通常不考虑是病态。

宝宝发热怎么办？

宝宝发热时可以采用物理降温和药物降温。要根据宝宝的年龄、体质和发热程度来决定。新生儿宝宝发热一般不宜采用物理降温，应及时就医。过了此重要时期，妈妈便可根据情况通过冷敷、热水浴、喂开水、酒精擦拭腋窝、肘窝等方法帮宝宝降温。

宝宝发烧时，妈妈要让宝宝多喝水，并且让其进食一些易于消化和营养丰富的食物。饮食要以稀、软、素为主，少食多餐，忌食一切油腻的食物。

25 "伪单亲"军嫂一枚

辣妈心情故事

我以前并不是个爱操闲心的人,所以即使过了奔三的年龄,面相也长得不是很着急。

身边总有人对我家的私生活表示好奇,比如猜测诸如"谁当家作主"之类的问题,结果没等我开口,对方就自己下结论说我是家里的"掌权人"。

我很少向兜爸打听家里的存款或其他投资理财的事,因为那些已经大大超出了我的兴趣和能力范围,对于心宽体胖的我来说,管好人就足够了。

不想管家的前提是,我真是好运气地遇上一位全心全意善待自己的男人。而兜爸也有无病呻吟的时候,抱怨我太不操心而给他带来了许多生活上的琐事。

话说在兜妹还未杀入我们的二人世界时,家里大到买房子搞装修,小到缴纳水、电、燃气、手机费,均由兜爸这个"经济适用男"一手操持。我只需做好那一份挣钱不多但尚可维系生活的工作。

为此,兜爸常常摩挲着那两只面似靴皮的眼角,哀叹自己是"30岁的年龄,60岁的心脏"。也许,沧桑才是男人最好的妆容吧!

辣妈孕事儿

如今,兜爸屌丝大逆袭!神秘的荷尔蒙的确让曾经特立独行的我有了很多改变:褪去了天真烂漫,散发着母性光辉。现在,我从神经大条的小萝莉沦落成了"三转"的欧巴桑。

因临近年根,部队里住房紧张,兜妹半岁时我又被迫鸟枪换炮地拖着大包小包搬回了家。跟兜妹一派的"七仙女"们都翻过了"三仆六坐九爬行"的分水岭,且不断有新丁添入,"小龙女"的队伍一度扩散至13个。

最触动我敏感神经的事情是,曾经和我一众靠着墙根侃大山、抱着孩子晒太阳的年轻妈妈,也都换成了清一色的老一辈。

最惨淡的事情莫过于我提前进入了未老先衰的行列,整日混迹于这些中老年的群体里。有时候,我会突然觉得和他们没有共同语言,所以心也跟着深深地沉溺,久久地孤单。

"干脆找个人给你带算了,我可是宁愿上班也不想带小孩。"

那日下午,我一手提着活蹦乱跳的大鱼,一手推着婴儿车刚走到小区门口,便一头撞见了"肥头大耳"的妈。她心花怒放地拍打着我的肩膀,扒起她重归职场的快乐事迹。

我又何尝不想早日从苦海抽身呢,特别是兜爸每月的工资被花个底朝天的时候。可每每看到兜妹咧着肉嘟嘟的小嘴朝我笑,我怀揣着的那一点小心思却只成了一个闪念。

自打带着兜妹打道回府后,我独挑大梁的担子也越来越重。宝宝病了、宝宝摔了、宝宝个头小了、宝宝不长肉了、宝宝不想吃饭了……每一件事都让我有操不完的心。加之我终日形影不离地挂着粘人的拖油瓶,整日里累得晕晕乎乎。

住在大院时,因有兜爸每日定时送饭并帮忙操持家务,我便也没那么抑郁。而如今回到家,少了兜爸的帮衬,我不得不练出一手抱娃、一手炒菜的绝活。我从起初抱着兜妹去吃饭,到趁她睡觉再吃饭,最后变成炖上一锅汤吃一天……

曾在网上看过这样一句话：性格相似的人适合做朋友，性格互补的人适合做夫妻。这种性格的互补，在我和兜爸偶尔吵嘴的时候，会表现出极大的益处。

夫妻吵架也跟武林大战一样，一旦开了个头，后面就顺手多了。自搬回来不到一个月，我和兜爸已经开始了"第二次世界大战"。许是生活的疲乏和无趣所致，又没有亲朋好友的帮扶，我的情绪压抑得久了，也便有了一肚子的怨气。

我抱怨的结果就是，让兜爸一次次地当炮灰，有时候双方争执得面红耳赤却依然没有结果。不曾亲身经历的兜爸，自是无法体会我养育的真实感受。

"我能怎么办？很多家属都是一个人带孩子过啊？干脆我转业吧，谁都不累了。"那段时间，我的抱怨像苍蝇一般，在兜爸的耳边"嗡嗡"作响，听得多了，兜爸说他的心也麻木了。兜爸的话淡漠得有凭有据，客观得毫无温度。其实我也不想像个"祥林嫂"，只是在找不到宣泄对象时，兜爸只得一次又一次地"躺枪"。

不得不说，在浸满了柴米油盐的军婚生活里，要么毁灭一个女人，要么造就一个女神。

又被我带跑题了，言归正传。

不生病并不是什么好事，难怪常听老人说：平日小毛病不断的人，反而少生大病，倒是不常生病的人，病起来是真要命。

"哇……哇……"次日，天刚蒙蒙亮，兜妹惊天地泣鬼神的哭闹声瞬间将我从周公的五子棋桌上拉回。

许是刚出月子便一把屎一把尿地拉扯兜妹，我身体的"零部件"出了硬伤。再加上前一晚因照顾病中的宝宝大半夜未睡，所以这一次病毒像打靶一般再一次击中了我。

辣妈孕事儿

浑浑噩噩、喉咙嘶痛，嘴巴干热得能窜出一团火，浑身像散了架的疼，我硬挺着身体将号啕大哭的兜妹揽在怀里，却发现兜妹再次发起了高烧，她在我怀里弓着小身体，喉咙里呼噜噜地直响。

惊诧的一幕让还在与病魔做斗争的我顿时提起了精神。我再次操过床头柜的体温计，果不其然，发烧又开始了——整整39℃。

我慌乱地撩起衣服，只见兜妹颌部的肌肉缓慢而有力地向后做伸展运动。多亏我在半夜临睡前吃了一碗肉汤面，才使兜妹的口粮没有断档。

没想到的是，兜妹在狠嘬了几口奶后开始干呕，将刚吃进的乳汁又大口大口地吐了出来，乳白色的汁液顺着被头缓缓淌下。

事情一到节骨眼上，我准像块豆腐——硬不了。顾不得兜妹声嘶力竭地哭叫，我慌乱地穿上衣服，再一次抱起兜妹朝医院奔去。

清晨，东方出现了瑰丽的朝霞，空气中弥漫着轻纱似的薄雾，凉凉的。我抱着宝宝又连着招了几辆的士，也没拦到一辆空车，看到兜妹烧到红扑扑的小脸，我急得像热锅上的蚂蚁。

有些人就如一盏日光灯，在无边无际的黑暗里让我的心底燃起一丝希望。小人精的我一眼就扒到，一辆印有"卫生监督"的公务车从旁边的小区缓慢驶出。

"嗯，这绝对是猴子派来的救兵啊！"我拔起两条小短腿，再次以百米冲刺的速度狂奔，一下便拦在了车头的前面。

"你干吗？撞到你怎么办。"司机猛地踩了一脚刹车，从车窗微微探着头，口气略带不爽。

"求求你了，我的宝宝病得很严重，您就带我一程吧。"人到无求品自高！那一刻，我扒着车窗推心置腹地说了好多哀求的话。

"上来吧！"司机从驾驶位走下来，一把推开了车门。

后视镜中透出一张"雕刻"得五官分明的脸，眼前这位"儒雅男"的气质不得不让我再一次想起前一晚的"猥亵哥"。

都是司机，人和人之间的差距咋就那么大呢！

"你是单亲妈妈么？怎么我昨天半夜就在×医院里看到了你。"交谈中，"儒雅男"爆料自己是某局负责救护车调度的公职人员，前一晚刚好在×医院的急诊科巡检，便无意中在走廊里一眼瞥到了我这个跑得像"风一样的女子"。

往事不愿再提，惊吓已留心底，我实在不想去回忆那部"恐怖片"。

"我，我不是单亲，是军嫂。"我表面笑过之后，内心还是有点小苦涩的。

已经不止"儒雅男"一人，单刀直入地戳过我的软肋。有很长一段时间，无论是在小区，还是菜市场，只要看到我常单身一人带着兜妹，便会有人在暗地里指指点点。为此，只要兜爸偶尔在家，我总会拉着他的手臂在菜场里"潇洒走一回"，有点扬眉吐气的感觉。

透过后视镜，"儒雅男"的眼神显然少了刚刚的犀利，貌似他对车内这个眼屎结了老痂、头发蓬松、不修边幅的女汉子充满了理解和敬意。

清晨的路畅通无阻，车子也很快到了目的地。我简单地致谢后又是一个健步如飞，冲进了医院。

"没事的，宝宝是患了婴儿急疹，等这两天疹子出来就好了。

这次，我来到了之前产检的医院，倘若这里有夜间急诊，我也不会在前一夜慌不择路地跑去另一家综合性医院，并接连碰到那么诡异的经历。医生的话让心急如焚的我终于轻松了下来，紧张压抑的空气也稀薄了许多，连呼吸都顺畅了。

"看把你吓的，小孩子哪那么容易被烧坏，等下我送你回去，好好休息一下吧。"急忙赶来的冯嫂，苦笑着摇摇头，连忙接过兜妹，让我先吃上一顿饱饭。

身材高挑的冯嫂也是军嫂一枚，每次见面她都能给人一种仪态大方的端庄感。历经辛酸的她，也算是多年的媳妇儿熬成婆，如今已没有传

辣妈孕事儿

说中军嫂"为琐事操劳"的倦意,更没有一个人寂寞守候的倾诉。

有些人虽相交已久,却如同初识一般。有些人刚刚认识,却好像认识了很久一样。冯嫂的先生是兜爸的老领导,在我刚投奔兜爸那会儿,我恨不能一天24个小时宅在家里,却没想到,和仅有几面之缘的冯嫂有着相见恨晚的感觉。

多年以来,在我最需要援助的时候,冯嫂几乎都能在第一时间伸出援手。

"谢谢你了,嫂子,害你起得那么早!"我低下头,感觉眼睛肿得像个桃子,露出了一个比哭还难看一万倍的笑脸。

"行了,我过去帮帮你吧,自己都累成这样了,还怎么照顾兜妹。"我真心地激动又感动啊,嘴里就像含了一串冰糖葫芦,呜呜啦啦地哽咽了半天没说出话来。

提起军嫂的苦难生活,我写东西也突然没有了行云流水的感觉。也许有些小伙伴会质疑我,为什么非要把自己的军嫂身份写得那么煽情和艰辛不堪呢?我只想说,不了解真相的人就没有发言权。当军嫂并不可怕,可怕的是在好多次特别艰难的时刻都是我一个人。

当然,在我和兜爸裸婚的那一刻,我便深深懂得,嫁给了军人就意味着奉献和牺牲。

嫁给军人,我就清楚,不能对身边的他期望太多,因为要求得越多失望也就越大。

嫁给军人,我就知道,不一定有无忧无虑的生活,要靠自己一步步化解生活中的难题。

嫁给军人,我就明白,不要去奢望在周末会有人陪,反而越到节假日他们就越紧张。

嫁给军人,我就了解,不要艳羡土豪的别墅豪车,我们的生活里只有他的军功章。

曾有人开玩笑说:"有两个地方最打造男人,一个是军队,一个是监狱。"兜爸的勤快与好脾气也一直让我看在眼里,美在心上。

有时想想,一世能遇个这样知冷知热、打不还手、骂不还口的男人,我也是有享不完的福。

为和身边的"经济适用男"同进步,我愿意一直"伪"下去。

宝妈须知

婴儿急疹的辨别和处理:

1. 什么是婴儿急疹?

这是小宝宝在婴幼儿时期常见的出疹性热病,临床以持续高热3~5天,热退疹出为特点。

2. 临床表现

宝宝会莫名持续3~4天高烧,体温在39℃~40℃之间,且循环性地持续发热。烧退后周身会迅速出现红色的丘疹(主要集中在四肢、躯干和面部,臀部尤其多)。如果不加以辨别,很容易与"手足口病"和"尿布疹"相混淆。

幼儿急疹对婴儿健康并没有什么影响,出过一次后将终身免疫。

3. 如何应对?

本病尚无特效药及抗生素。妈妈应及时观察宝宝发热情况,给予物理加温,比如,让宝宝多喝热水。若出现腹泻,妈妈也不必恐慌,这种症状为婴儿急疹的并发症。

美妈饮食碎碎念

对于有腹泻的宝宝,则不可摄入过多的白开水或葡萄糖等含乳糖的食物,应喝浓稠的米汤,加适量盐。

26 为爱下厨

辣妈心情故事

我常自醉，人生最幸福的时刻莫过于初为人母。

在产房听到宝宝的第一声啼哭，第一次触摸她充满褶皱的皮肤，第一次抱起她柔软的身体，第一次撩起衣襟为她哺乳……

我常庆幸，若不是月子里那番痛苦的追奶经历，哪能换来兜妹日后的大快朵颐。若不是在兜妹快 1 岁半时，因某些不可预知的因素而被强制脱离母乳，我仍未有断奶的打算。因为，一旦断了就再也连不上了。当然，这只是提前做个剧透。

老话常道："金汁、银汁，不如妈妈的乳汁！"

婴儿时期的兜妹，活脱脱一个"米其林轮胎"。长着肥嘟嘟的小脸以及能和藕节 PK 的两条腿，肉一圈圈的，很胖！当然这还得归功于有个健壮如"奶牛"的妈。我们一大一小两个"哼哈二将"，让小区的人除了羡慕、嫉妒、恨！还是羡慕、嫉妒、恨！

"人家麦兜出生就是自己带着饭来的！""肥头大耳"的妈嘴上涂满了似辣椒一样的大红唇膏，嘴里不时地啧啧称赞着。

"自己带孩子,还能把俩奶子发得那么好,我那媳妇儿白伺候她了。"身边啊，总有些爱八卦的人。

那日,刚推着兜妹出来晒太阳,一个年过半百、长相很提神、说起话来露着上牙龈肉的中年女人便当着几个老头的面猛夸了我一顿。直把我夸得面红耳赤,那感觉比被别人骂了一顿还难堪。

当时,小区里和兜妹同龄的宝宝早就陆续断奶了,比如"肥头大耳","小菜菜"还有"冷美人"。我持续"井喷"的节奏,让自己的人气直逼"一线女星",成了小区的"八卦头条"。

话说,我也是拼了"血本"去护着兜妹这两只"奶袋子"。一直不敢吃酸、吃咸,不敢猛吃干的,有事没事就爱捏捏"二奶",看看是否充盈,一旦瘪了,半晌硬不起来,心里就像打鼓似地咚咚直跳。

兜爸说:"奶不够,就买最好的奶粉给兜妹喝,别整天紧张兮兮的。"

可他哪里知道,省下的"奶粉钱"是次要,重点是在兜妹吃奶的时候,我可以温柔地将她搂在怀中,然后一边爱怜地观摩她的样子,一边抚摸着她的小脚、小手……

每每看到兜妹嘴角流着奶,咧着嘴笑,我的心都被化了!

兜妹3个多月时,我的身边常常围绕着一些妈妈级人物,她们就曾游说我给兜妹添辅食。道不同不相为谋,我虽打心底里反对,倒也没去和她们正面交锋,只是微微点头作罢。

育儿书说,小Baby在4个月时便可添加辅食,鉴于兜妹是纯母乳喂养,我便顺延到6个月以后才把她慢慢列入混合喂养的队伍。

说来也巧,每每饭香四溢时,坐在推车里的兜妹便会很不耐烦。眼瞅着妈妈嘴巴一张一合,兜妹狂舞着两只小手"喔喔喔"地直叫唤,有时小嘴也会跟着嚅几下。偶尔,我也会抱她到餐桌边,用筷子沾点菜汤锻炼一下兜妹的味觉。

与前代人迥异的育儿方式不同,80后的我更热衷于"网上取经",大到头疼脑热,小到吃喝拉撒,轻点鼠标便会出现各种想要的和不想要的信息。

6个半月的兜妹,其辅食之旅正式从喂蛋黄开始。"度娘"的理由是:宝宝月龄增大,自己从母体带来的铁也消耗得差不多了,补充铁质,蛋黄就是一个很好的选择。并且蛋黄要循序渐进地加,比如第一周要加四分之一个蛋黄,第二周加二分之一,第三周加四分之三,直至最后一周的全蛋黄……

整只鸡蛋连壳煮熟,取出蛋黄的四分之一,碾碎。担心鸡蛋黄又干又腥的味觉不被兜妹接受,我便用母乳拌成糊状。谁知,兜妹并不热衷于这种粘腻的口感,而是喜欢我用指尖轻蘸一点蛋黄放在她的嘴巴里,蛋黄糙糙的,粉粉的,糊得兜妹满嘴都是。这样,兜妹才会再去慢慢品味来自舌尖的乐趣。

"小女今天的臭臭质量怎样呀?"虽说在兜妹成长过程中,忙碌的兜爸大部分时间是"打酱油"的角色,但女儿每个进步的节骨眼都被细心的兜爸狠狠地记在心里。

"质量杠杠滴,要不要给你留点尝尝?"我接过电话时,总不忘调侃一番。

"趁热乎,还是你先吃饱了吧。"话落,电话里传来兜爸一股子恶声恶气,想必当时在场的话,这仇早就报了。

某部韩剧中说,要有好的胃口,先有好的味觉。在吃饭上,我是个非常拧巴的人,长着一副挑剔的舌头,稍有点不对味的东西坚决不吃。这一点,兜妹像极了我。

兜妹老老实实吃了几天蛋黄,却腻烦到不想再吃了,任凭我怎么喂,兜妹的脑袋都像波浪鼓一样地摇。

"你该给她添点花样了,这么个吃法,换成谁都烦。"兜爸除非不开金口,否则说出的话句句在理。

全职妈妈自然有空鼓捣这些,那段时间,我参考着食谱不停地为兜妹变换着口味,却总挠不到她的痒痒。

　　起初用菜汁兑米糊，兜妹十分开心地吃了两次，后来可能觉得索然无味，便果断弃之。接着我又用香蕉和苹果搅在米糊里，结果没两天兜妹又浅尝辄止了。兜妹抿着小嘴，我的勺子怎么都塞不进去。没想到的是，兜妹某次意外吃了一口"肥头大耳"家的菜泥，居然一改往日纠结的神情，乐得跟要咬人似的，要没耳朵挡着，嘴能咧到后脑勺去。

　　那日下午，我不顾上下眼皮打架的事实，硬撑起眼睛给兜妹做起了蔬菜泥。看花容易绣花难，都说厨房里没有虚掷的光阴，忙活了1个多小时的成品，根本不是想象中那么回事。

　　剁成碎末的菜叶放在小锅里刚刚煮沸便出现了分层，汁液黄黄的不成坨。我又按照另一种方法，将菜叶煮熟再捣烂，"成品"仍掺杂着一坨一坨的蔬菜纤维，不尽如人意。我尝尝味道，技术差到丧尽天良，味道遭得没有朋友。前后1秒，我的神情便从洋洋得意一下变成了垂头丧气。

　　从前，只要有机会，无论在哪，我都喜欢秀一下厨艺。以自己的水平，做起饭来并不费吹灰之力。可真正做起小宝宝的美食，却要从零开始。每一餐的饭食不仅要做得精细，还要看起来美观，可我毕竟是个粗线条的妈。

　　忙活了半天，大把的亲子时光都被我用在做辅食上了，最终却一事无成。特别是看到网上的妈妈们晒各种各样宝宝辅食的照片，我有种自尊心被掏空的感觉。直至看到"度娘"推荐的一款辅食机，才让自尊跌到脚后跟的我心情一片晴好。

　　我拿出宅女的看家本领，迅速进入某宝，将型号各异、品牌不同、价位悬殊的辅食机资料一一罗列，相互对比了个把小时后，我也算吃下了算盘珠子，心中有数了。

　　市面上销售的机器，不仅分为手动研磨和全自动带加热的两种，研磨和搅拌的功能也有着千差万别的不同。"土豪价"是研磨加热一体机独立完成，"屌丝价"则是两只容器分别操作。经过一番纠结和比对，我最后敲定了一款价格亲民、功能实用的全自动辅食机。

在我"掐指一算"，左手大拇指往其他四个指头上捏把了两个回合后，"高大上"的辅食机终于龟速般地爬来了。

哪里栽跟头，再从哪里爬起。我急不可耐地又尝试了一次蔬菜泥，果然机打的要比手工出的品相好上许多。翠绿色的菜泥口感细腻，含在口中一会儿便化掉了。我并未直接将食物送到兜妹的口中，而是轻舀一勺搭在嘴边，让她自行啜进嘴里，然后再去慢慢体验来自舌尖的美食乐趣。兜妹稚嫩的小脸上不时地洋溢着幸福和满足感，让我瞬间自信爆棚。

记得某次和一位母亲聊天，她说生活上原本十分"小白"的她，因为做了母亲，从孩子身上学到了很多东西。

这句简单的话自然让我揣摩了许久，"成长的，不仅是孩子，我们真会跟着进步么？"

直到自己做了母亲后，我才真正地得到了肯定的答案。

辅食如何添加?

育儿书说,人工喂养和母乳宝宝分别在 4 个月和 6 个月添加辅食较为合适,且初期只能一次添加一种食物。此外,妈妈还要做好宝宝的饮食记录,以免出现食物过敏的现象。

切记不要把蛋黄当作第一个添加的辅食,因为鸡蛋会引起宝宝过敏。宝宝的辅食应从米汤开始,并逐渐过渡到米糊和米粉。待宝宝适应后,再添加蛋黄也不晚。

每种食物添加后,妈妈要观察 3 天,在一种食物没有被宝宝完全适应的情况下,不要急于添加新的食物。也不要马上停止辅食,可以减量。

我当时在兜妹 6 个月时添加辅食,尝试了几天米汤,兜妹大便无异常后我便陆续添加了稀粥、蛋黄泥和蔬菜果泥等。

7 个月时,食物增加至动物内脏、鱼肉和面条。

8 个月时,增加了粗粮和杂粮。

9 个月时,便将各种泥更新成碎末状。

12 个月时,才彻底调换成咀嚼型食物,只是做得相对软烂。

小宝宝的辅食一定要现做现吃,过敏体质的婴儿,部分食物需酌情延后添加。辅食制作可添加少量食用油,要尽可能少糖,不放盐、不加蜂蜜等调味。

27 有多自由，就有多幸福

辣妈心情故事

尽管我是个80后，各种育儿理念也相对超前，但自从单打独斗地带着兜妹这样一路走来，我深深地明白，孩子绝不能养得太娇贵。

早在兜妹还在我肚子里的时候，我在育儿理念上便和兜爸的思想形成了高度统一。那就是：粗养、细致、大爱！把健康和善良放在第一位，其他的，都可以往后排。

眼下，如我一般，绝大多数家庭里都只有一颗独苗苗。信奉不同育儿流派的新手妈妈也有各自的育儿经，其中不乏有许多妈妈坚持这样的育儿理念，那就是追捧精养、富养，什么都给孩子最好的！

我却是反其道而行之，就像"食不厌精"的养生理念一样，我给宝宝简单的抚育，让其自由成长，自认也是一种"低碳"的养育智慧。

兜妹自降临人世，从"第一次笑"到"牙牙学语"，从"无力翻身"到"四处乱爬"，从"挣扎抬头"到"微微正坐"，从"蹒跚学步"到"满地乱跑"，每一个成长的节点都是在她顺其自然的发育状态下完成的，我并没有刻意去训练和改变她，因为我不想兜妹在成长过程中被各种条条框框束缚得太辛苦。

2个月零18天，兜妹在一个偶然翻身后便可双手撑着床、抬起小

脑袋四处张望了,那时她开始对眼前的事物有了更立体的认知。

6个月零5天,在经过了各种流口水、吐泡泡、咬硬物后,兜妹的下牙龈终于冒出了一颗"白点点",宝宝的成长又迈进了一步。

7个月零2天,在不需任何帮扶和倚靠的情况下,兜妹便歪歪扭扭地坐在地上玩玩具了,她呆萌的样子甚是可爱。

10个月零13天,兜妹突然能站起来扶着硬物移动了,每天她都会不停地在屋子里走来走去,偶尔还会下蹲用手捏地上的物什和玩具。

12个月零8天,兜妹便骄傲地甩开我的手自己走路了,虽说走起路来,兜妹的身子像一只左右摇摆的企鹅,但这个惊喜的过程也足以让我欣慰万分。

1周岁是宝宝成长的重要分水岭,特别在学会走路后,兜妹仿佛一夜之间长大了。如今的兜妹不是之前躺在床上不会动的小baby了,她是个具备有行动、有思想、有主见的"小大人"。

而兜妹成为"小大人"的另一个标志就是喜欢帮妈妈"干活"了,比如当我想就近取个物品又想偷懒不动时,便会指使刚会走路的兜妹代劳。对万物充满好奇心的兜妹,对于我交代的任务总是乐此不疲。此时,兜妹会循着我的声线和手指指向挪着小碎步、一点一点地朝目的地走过去,她先是一把抓起,然后再以同样的步调慢慢地挪回,并递到我手上。

若说此前是宝宝离不开妈妈,如今便是妈妈离不开宝宝了;此前是宝宝过于依恋妈妈的怀抱,如今便是妈妈不能想抱就抱了。我只能说,宝宝真的是长得太快了,快得让我都难以接受了。

而我,却越发怀念曾经那个喜欢埋在我怀里的小小的她!

虽说在牙牙学语的初期,兜妹发音时常是舌向上卷,呈勺状,有种悬空感,但在18个月的时候,兜妹基本能用语言表达自己的愿望和诉求了。刚满22个月时,兜妹已能轻松自如地背诵《三字经》和多首古诗儿歌了。

具体点说，兜妹的语言开发在胎儿期便正式提上了胎教议程。在孕6月时，我便每天隔着肚皮诵诗读文或哼唱儿歌，每每此时异常安静的兜妹都会在肚子里兴奋得手舞足蹈，并不时地把我的肚皮顶起几个大包。

都说童谣是婴儿认知世界的最早期的教育，在兜妹4个月左右，我便会扔一些书给她看。只是没几日，书也会被她连啃带咬，撕得体无完肤。

其实，我身边也有家长怕宝宝撕书而把书收起来，可是这样做会使孩子失去文字学习的兴趣（因为接触的书较少）。不过也有不惜金钱购买高价"布书"的家长。

孩子撕书是一个正常的现象，也许是撕书的声音和纸张形状的变化让宝宝觉得很有趣吧。再加上我一开始的"大呼小叫"，更是激发了兜妹不断动手的能力。而今，我倒认为，"撕"是孩子成长过程中自觉实现自然协调的一种方式，撕自己的书，让别人说去吧。

育儿方法没有绝对的对与错，适合宝宝的就是正确的。我"自由育儿"的核心就是将兜妹的生活、教育和护理等都尽可能地回归自然，最大限度地使宝宝在自然的状态下发育成长。

比如，兜妹自小就喜欢打赤脚满屋跑，袜子穿上去，没一会儿就被她揪得老长，或者干脆脱掉。其实光着脚丫子玩耍，是许多宝宝的"嗜好"，可有些父母却不让，理由很多：不卫生、怕孩子踩到尖锐的东西、怕孩子的脚受冷而生病……其实我们只需每天将地板清扫干净，确保无异物即可，给宝宝个自由又何妨？

兜妹出生后的穿着一直很单薄，在炎热的三亚，一年四季最常见的装束便是短衣短裤，除非在睡觉时，我才会刻意地护好宝宝的心口和肚脐。从小便适应了环境的兜妹，即使天气突然降温，也很少因变天而受凉或感冒。

在把尿的问题上，我也是遵循兜妹自己的发育时间表，且在1岁前并没刻意去把尿。把尿，宝宝配合的话，那还好，但有些宝宝不愿配合，

父母就开始发愁了,总是担心尿在裤子上,就比如尿裤子的"发烧友"兜妹就一度很让我发愁。曾有一段时间,兜妹会在白天尿湿十几条裤子,而我的工作就是每天不停地洗裤子、晒裤子。以至于后来,我也曾"被要求"给兜妹把尿几次,结果均以失败告终。与其引来宝宝的不满意和我的心急如焚,倒不如"放任自流"了。

其实频繁地给宝宝把尿,会让宝宝对大人的指令产生条件反射而尿尿,非膀胱充盈容量小,宝宝憋不住尿更易导致尿频。直至兜妹过了1岁,有了自我控制尿意的意识后,我买了卡通马桶对她加以引导,这也就顺利地开启了兜妹自主排便的模式。

至于早教,我们并未让兜妹跟风去就读价钱昂贵的早教班,我的本意是想和兜妹拥有快乐的3年亲子时光。我认为,如果家长有精力、有能力,最好的早教便是经常带着宝宝去旅行,如此便能开拓她的视野,增长她的阅历。

在吃的问题上,兜妹未出生时,我便强烈呼吁"为了宝宝要坚持母乳喂养",因为哺育后代是妈妈的天职。为此,在兜妹出生至15个月之前,兜妹一直吃母乳,所以体格很棒。好的身体不仅会让宝宝少些磨难,也会让妈妈更轻松。

断奶后,我也一直参照食谱亲手给兜妹做辅食,很少选择市场销售的精致的辅食添加品,1岁过后,兜妹的饮食便跟大人随餐放养了。如今2岁多的兜妹在吃饭的问题上一直"很自觉",她能乖乖地坐在椅子上颇有耐心地吃完每一餐,并不会出现"一到饭点满地乱跑"的现象。

在饭前,我会提前给兜妹做好"剧透"。比如"宝宝要吃饭饭了"、"妈妈做了香香的饭饭",这样会让宝宝清晰地了解一日三餐的重要性和食段。即便在宝宝玩耍的时候,妈妈的"提示"也能让她在潜意识里明白她接下来需要做什么,这种方式总比生拉硬拽更容易被兜妹接受。

此外,我每日也会抽出时间精心制作一些杂粮或水果制成的甜品、点心，用于午后加餐。均衡的膳食摄入，也让兜妹比同龄宝宝长得更高、更结实、更健康。

许是吃了近 15 个月的母乳的关系，如今 2 岁多的兜妹身体底子一直很棒。除周岁前患了那次严重的婴儿急疹，兜妹至今感冒的次数也屈指可数。特别是经过上回的折腾，作为新手的我也长本事了。从因呛奶就急得跳脚直哭，因高烧不退就吓得浑身发软，到如今的百炼成钢，背后的辛酸也只有不断经历才会慢慢顿悟。宝宝发烧只是一种反应，并不是病，只是作为父母的我们很多时候会"关心则乱"。

记得兜妹刚过周岁的一天，因在小区里被其他患病的宝宝交叉传染，到了傍晚，当我准备喂兜妹吃饭时，突然摸到她滚烫的小手，再一看，她的小脸苍白，没有一点精神。

其实在早些时候，兜妹就已经通过"哭闹"和"粘人"等小伎俩向我发出了信号，只是忙于家务的我，三番五次地忽略了她精神上急于扑奔我的感受。而此时，依偎在怀里的兜妹却抓着我的衣襟死死不肯放手。直至晚 8 点左右兜妹才慢慢入睡，只是睡得不是很安稳，在床上辗转反侧。我给她测量体温，她已临近 39.5℃。

宝宝遭遇疾病是每个妈妈必须面对的课题，妈妈们的担心和焦虑大都源于害怕。我属于"吃一堑长一智"的类型，因有了一次"灭火"经验，这次反而淡定了许多，并未表现出焦躁不安的情绪。

先将退热贴贴至兜妹额头及太阳穴两侧，随后用稀释的酒精擦拭宝宝的腋下、腹股沟、手肘窝等处。我之所以选择让其"自愈"，是因为宝宝每次的发烧都是在体内建立抗体的过程。当然，我也未完全放松警惕，经验告诉我，如果宝宝的脚暖，体温将不会持续攀升，反之若脚凉，体温将会继续上升。我下意识地摸了摸兜妹的小脚，热乎乎的，这才放下心来。

整个夜里，兜妹的体温虽说控制良好，却也是反复发作。烧退了个

把小时后，兜妹又浑身滚烫滚烫的，像只火炉。特别在我抱起兜妹喂水的时候，她双臂伸屈，两腿乱蹬，大声啼哭，拒不配合。

许是哭嚎后，加速了血液循环，兜妹晶莹的汗滴如雨水般不停地滴落，衣服打湿了一片后，她的烧也跟着退了。

经验，就在那一瞬间的顿悟！当兜妹再出现发热的情况，我便通过灌水让宝宝大哭的妙招解决高温。次日天亮后，兜妹便也再无发烧迹象了，很快又活蹦乱跳的。

还记得，在兜妹第一次生病时，身为育儿"小白"的我也曾如临大敌，要么抱着宝宝连夜赶往医院，要么用各种药伺候着，奔波劳累不说，更是在无意识中损害了兜妹的健康。其实，宝宝的疾病90%以上是病毒引起的，即使不吃药，过了一定的时间也会自然康复。

还记得在兜妹刚出生时，面对怀里这个和兜爸两只手掌长度差不多的小家伙，我除了怜爱更多的是害怕和迷惘。担心她会被我照顾不好而断胳膊断腿，或者出现生命危险。

而如今我想对那些新手妈妈说的是，有些育儿的事情不清楚时，顺其自然便是最佳的方法。

宝妈须知

"放养"的甜头在哪里?

1. 适应能力强

比如我也经常带着兜妹外出游玩,难免会接触到外面的饮食,但兜妹却从未出现"水土不服"的现象,反而全程、吃、喝、玩、乐很开心。

2. 身体底子好

如今2岁多的兜妹基本上很少生病,一般人见到她那身结实的肉,都会夸赞我把她带得好。其实她的身体好不止体现在不爱生病上,更体现在生病后能不治而愈上。她生病后我基本上很少用药,只有那一次迫不得已。

3. 父母更轻松

让宝宝永远生活在父母的羽翼之下,未必是一种有效的教育方法。为此,我们有必要从小锻炼宝宝接受风吹雨打的能力。记得兜妹刚学会走路那会儿总是摔跤。每每至此,她都会看着我的脸哭一阵。在她没有外伤的情况下,我自是不予理会,而是不断鼓励她自行爬起。

第六季：
辣妈是一种态度

宝宝爱咬妈妈乳头
如何应对宝宝咬乳头
宝宝啥时断奶啊
为什么辣妈产后抑郁了
1周岁的宝宝发育有哪些特点

28 "母乳喂养"中，请勿打扰

辣妈心情故事

身边有很多准妈妈一直讲：希望我也能像你一样坚持母乳。每当我听到这句话的时候，总觉得她们把母乳喂养当成了一种任务，而非一种舐犊情深的享受。

在养育兜妹的日子里，哺乳虽然不是全部，但母乳的那段时间足以让我拥有最真实、最温暖的亲子感受。特别是脸似红苹果的兜妹满心欢喜地叼着乳头，微微瞥过小脸向我露出诡异笑容的时候，我真的特别想，就这样怀抱着她一直喂下去，希望兜妹永远不要长大。每当这时，我都感觉自己特别珍惜母女还黏在一起的每个画面。

清晨太阳冉冉升起，夜晚月亮挂在星空，每每至此，我都会脚踩在小凳上，一只手揽抱着心爱的兜妹，另一只手以拇指和食指轻轻夹着"奶嘴"的尾部。紧接着，一张薄薄的小嘴开始用力吸吮，白色的乳汁如泉水般不断涌出。

随着辅食花样的不断翻新，兜妹更加喜欢我制作的各种美食，每顿饭按时吃，还吃得很多。饮食习惯一旦规律了，也便为日后的成功断奶奠定了基础，因为兜妹对母乳的依赖感越来越少了。除了一早一晚固定两次哺乳外，偶尔在她娇嗲嗲地拽着我衣角撒娇时，我才会觉得"吸吮"

这件事变得更有价值。

"儿子长牙了,为娘的苦日子来咯。"在兜妹刚满月不久,我正拿着手机消灭QQ里的"小红点",看到友人写在签名档里如此矫情的留言。

我还很傻很天真地回复说:"宝宝又成长了一步,你该高兴才对。"若不是兜妹也渐渐长到了6月龄,"这么痛的领悟"会让我百思不得其解。

添加了辅食后的兜妹,吃奶时也不再那么专心了,本就调皮的她安逸地躺在我怀里边吃边玩。吃两口,她再转过头把小脚丫送到嘴边啃一啃;或者眯着眼用手抓挠另一侧,有时候她甚至会用指甲抠我的肋下……

最害怕的事情则是,兜妹拿我的乳头当"磨牙棒"。有一段时间,她会因牙龈痒而用力咬人。

6个半月时,兜妹长出了第一颗乳牙。小小的、白白的,甚是可爱。却没想到这反而成了伤害我相当厉害的武器。正被她吸吮时,兜妹突然一口咬下去,真的疼死人。几次下来,哺乳中的我精神再不敢像从前那般松懈了,只管"舒适"地享受喂奶的愉悦。

书上说,宝宝撕咬妈妈乳头是出牙期必经的过程,妈妈若想逃过此难,要么忍、要么狠。一看到宝宝"要吃奶"的兴奋劲,我却怎么也不忍心就此割舍。若不是具备了断奶环境的压力,我真想做到自然断奶,直到宝宝不吃为止。

某日,兜妹吃着吃着,又咬牙切齿地练起了"磨牙功",瞬间被刺痛袭击的我只顾着急于摆脱,便用力拍了一下兜妹的小屁屁,兜爸看到便竖起了眉:"看你,她能咬得多疼?"

殊不知,这种疼痛从伤口处涌出,就像无边的潮水将我吞噬。

兜妹自从长牙后,每次吃奶都咬着牙对我的乳头生拉硬拽,但最多是磨掉一层皮,即使疼也能忍。兜爸也曾游说我断奶,可习惯了母乳喂养的兜妹一直拒绝奶粉和奶瓶,想到她才7个月大,奶水充足断掉很可惜,我便一咬牙又坚持了下来。

话说某日在小区晒太阳，又遇"肥头大耳"的妈，她听说兜妹也长牙了，便追问着我是不是也一起发了2颗。

"只有1颗，哪那么快啊？"话音未落，只见她颇为欣赏地看着自己女儿那2颗刚露尖尖角的小牙，嘴角微微上扬。

"别急，马上就会出了，小宝宝的牙都是对称着一对对儿长的。"一旁的老阿姨急忙解释着。

果不其然，这次被老阿姨说中了，几日后兜妹的第2颗牙，也就是下颌的右门柱也华丽丽地上岗了。快到9个月的时候，与下颌对应的上颌也长出了2颗白白的小牙。

"天啊，你这4个门柱子一齐，我还有好日子过吗？"那日，我看着兜妹4颗白亮的牙齿，却怎么也高兴不起来。

不久后的一天，兜妹又一次用行动证明，她的乳牙绝不是盖的。早上喂奶时，她吃着吃着突然抬起头来，像蹦豆子一样叫了一声"妈妈"。

"哎！"我万分惊喜地应和了一声。我还来不及回神，兜妹再一次将头拱向我的怀里，用嘴衔住乳头"吭哧"一口下去，痛得我"啊"地叫出声来。

兜妹闻声一惊吐出乳头，不明所以地望着我满面怒容的脸，她先是蹙着眉头，转而笑嘻嘻。

"麦兜，你不可以再咬妈妈了，咬坏了你就没得吃了。"哭笑不得的我尽量平和怒气，用手指点着"被害"部位。打那之后，一到喂奶的时候我便有了阴影，心里跟着打怵，生怕再被咬个正着。

快1周岁时，因兜妹主要营养来源于丰富的一日三餐和两次点心小食，我的母乳也越来越少。因奶水偶尔被吸空，我的乳头常会被她吸得干疼，甚至出现血泡，此外，还会经常性地陷入流血、破溃、再结痂的恶性循环中。可我并未强迫她断奶，毕竟每天还要吃最少三次的母乳，主要是晚上睡觉前不能落下。

已经习惯咬乳头的兜妹，总是让我防不胜防。一旦挨咬时，我便赶紧把宝宝往怀里拉，用手堵住她的口鼻，迫使兜妹自己张嘴吐出来。兜妹的牙齿很锋利，那段时间，我左侧乳头根部已被她咬裂出一条和乳头一样宽的大口子，露着白森森的肉，开始化脓了，那是钻心的痛，痛到无法形容。

其实在此之前，我也尝试了很多办法，比如在哺乳时佩戴硅胶保护头，或者用吸奶器将奶水挤在奶瓶里，再人工哺喂。可每每至此，习惯了"母乳实感"的兜妹硬是浑身打挺，她紧闭着双唇，以近似于咆哮的哭嚎来表达她发自内心的抗拒。

"给她断奶吧，喂了一年营养也足够了。"再一次亲眼目睹我牙关紧咬、含泪哺乳的那一刻，兜爸终于控制不住情绪，命令我立即断奶。

这次，我真的心意已决！

没想到事情的转机就像小孩子的脸说变就变。次日，兜妹却突然患了"病毒性疱疹"，口腔里长了许多颗无色透明的水泡，前前后后持续了大半个月的时间，她整日哭闹烦躁，且不吃除母乳以外的食品。一个人伺候兜妹的吃喝拉撒，眼见她圆滚滚的小脸日渐消瘦，我实在不忍心，咬了咬牙又坚持了下去。

对于小宝宝而言，生病就是她意志最薄弱之时，也越发依恋母亲。终日频繁地吮吸，没出几日就让我左侧乳头的裂口比此前更深了。轻轻用手触碰，既有摇摇欲坠之感，也让我的心里麻酥酥的。

新伤覆旧伤，盖不及，修不好，唯有勇敢才是我自救的武器。

担心涂抹药物损害兜妹的健康，在她吸吮之后，我便及时咬破一只鱼肝油，小心翼翼地涂在左侧患处。修养几时，下次哺乳时，再更换右侧接着哺喂。约莫过了五六个小时，待左侧破损乳头的皮下组织稍有愈合，并积攒出兜妹一顿的口粮后，我再憋着劲，紧咬下唇将乳头小心塞进兜妹的嘴里。每当此时，都有一股子血腥味顺着兜妹的呼吸在空气中弥漫开来,让我感觉浑身发冷,好像恐惧的细胞麻醉着体内每一条敏感的神经。

写到这里,我想起古人撰写的《劝报亲恩篇》中的一些诗句:"十月怀胎担惊怕,临产就是生死关,一生九死脱过去,三年乳哺受熬煎。生来不能吃东西,食娘血脉当饭餐。白天揣着把活做,到晚怀里揽着眠。"

宝妈须知

宝宝为何爱咬乳头?

我总结了这样一个事实,那就是奶吃得正香的宝宝,是不会随便咬妈妈乳头的。如果出现这种现象,要么是已经吃饱了,要么是娱乐性吸吮,新妈妈可通过宝宝的表情和吞咽动作来判断。当然,也会出现其他情况:

1. 要长牙,牙龈红肿导致牙根痒。可给宝宝吃"磨牙棒"或做牙龈按摩来缓解。

2. 鼻塞,出现在宝宝感冒或者授乳姿势不对的情况下,会导致呼吸不顺畅。可用棉签擦拭宝宝鼻腔,并适时调整授乳体位,避免再次堵住口鼻。

如何应对宝宝咬乳头?

若被宝宝第一次咬,妈妈要冷静,不能对着宝宝破口大骂,使他受到惊吓。也不能急于拉出乳头,以免拽伤。而要转移宝宝的注意力,并适时抽出乳头,再好好检视。

如果乳头被咬破了,一定要马上处理,否则一旦沾水或让宝宝频繁吮吸,更易使伤口发炎流脓。

如果伤口出现破损,应先停止喂哺或将乳汁挤在奶瓶里。然后,用自己的奶汁或宝宝食用的鱼肝油敷在伤口处即可。相比药物而言,两者被宝宝吃进去,都不存在健康隐患。

29 "断奶",貌似没传说中那么难哦

辣妈心情故事

小巫的《让孩子做主》一文中曾提到说:"孩子吃奶睡觉是最自然的方式。"

在月子里,因兜妹睡眠少且无规律,吃奶也变得颠三倒四,夜奶的次数几乎和白天有得一拼。禁不住折腾的我,慢慢地便给兜妹养成了含乳头睡觉的习惯,从此,噩梦开始了……

记忆中,自宝宝出生以来,我就没睡过一天的安稳觉,直至兜妹断奶后状况才有所缓解。每每入了深夜,只要兜妹醒了,无论是热了、渴了、尿了还是饿了,她都会哼哼唧唧地吵着吸上几口才肯入睡。

习惯是一种很可怕的东西,少小若无性,习惯成自然。渐渐地,我睡个完整觉的时间也越来越短,曾经连续几个夜里被兜妹前前后后搅醒了9次。常常是我刚合眼,兜妹就开始哼唧了,好不容易把她哄睡了,我却精神了,可是待我快睡时,兜妹又醒了……夜不能寐,也让我一下没了精神头,白天面相甚为颓废。

"给她断奶吧,没了念想她就不会夜里找奶吃了。"某日,邻居阿姨心疼地看着我不断沦陷的黑眼圈和晦暗无光的皮肤,出此下策。

那段时间,小区里其他几位有过育养经验的邻居,也曾善意地劝我

辣妈孕事儿

赶快断掉。她们的想法是,女孩子母乳吃多了会影响发育,更何况吃了这么久,营养早没了。此外,他们还三番五次地教唆着我在奶头上抹些风油精或辣椒水之类的,对此谬论我一笑置之。

如此极端的方法,我甚是不解。更担心这种"冷血"的断奶方式,会不会给兜妹留下心理阴影。

其实,一想到要面临给兜妹断奶的这道路障,我便会大气不畅,担心断奶后她的日子该怎么过?

还记得,月子里自己的奶水产量不足,便想借助"混合喂养"暂渡难关。却没想到,兜妹对非母乳的乳制品异常排斥,我给她先后更换了5个品牌的奶粉,她还是喝不来,见到奶瓶她更是无比厌烦,以至于出了月子,兜妹的体重才从5.4斤涨到6.3斤。

断奶,被称为母婴的"第二次分离",我更希望断奶前兜妹能做好最充足的心理准备,这样她也能在合适的时机自然离乳。我相信,这样做无论对自己还是宝宝都是最好的选择,不会因强制断奶而使她幼小的心灵受到伤害。

当然,兜妹平时的吸吮也不仅是用来裹腹的,多半是在无聊时拿我寻开心。每天她都有几次撒娇打诨的时候,经常边假惺惺地哭闹,边观察我的表情变化一个劲地往我怀里钻,趁我一个不注意便偷偷地将小手顺着领口摸了进去……

13个月大的兜妹,口腔疱疹痊愈后,我便有意识地开启了温柔自然、循序渐进的断奶计划。比如减少白天的哺喂次数,从此前的一日数次缩减到一日四次,然后再慢慢控制到一日两次。

其实,宝宝黏着妈妈要吃奶,是在向妈妈索爱。若此时,能用足够的耐心调整一下母女关系,陪她玩一玩或出去走一走,便会转移注意力,不会让宝宝因"索爱"不成而焦虑。

要做到自然断奶,其实也很简单,除了在精神上一点一点地摆脱兜妹对母乳的依赖性。具有一定绘画基础和超强想象力的我，在辅食的制作上也不断翻新着口味和花样。

正餐和午后加餐时，我会在食物里刻意增加含奶制品的比重。在兜妹食用的粥羹里添加少量的奶粉；将奶粉掺杂在面粉里做成奶香四溢、形态可掬的动物形状面点；将奶粉与瓜果混合成口味独特的水果捞等，使她慢慢从饮食中适应奶粉的味道。

起初味觉灵敏的兜妹也会嗅出我的用意，可终日面对如此有诱惑力的美食，不被勾起兴奋感也难。

观察兜妹对奶粉无明显的排斥后，我便将睡前的母乳彻底更换为牛乳，而眼下刚按个葫芦又起个瓢。习惯了肉感乳头的兜妹就是不肯咬人工奶嘴，我便用勺子一点一点地喂进兜妹嘴里。有利就有弊，勺子不仅容易洒出来，弄湿兜妹的衣服，而且没一会儿奶就凉了。为培养兜妹独自使用奶瓶的习惯，我也借鉴了网友的建议，下血本一次性买回了四个相同型号、不同口感和品牌的奶嘴，让兜妹挨个尝试，好在最终投其所好。每晚兜妹睡前的奶量也从30毫升慢慢过渡到60毫升，再到120毫升，直至现在的180毫升。

据说，人一有了喜爱，就会有痛苦。对于刚满周岁的小儿来说，也不例外。刚开始，奶也算是断掉一大半了，可一到深夜，兜妹的"老毛病"就又犯了。

"小妹啊，一个人断奶很累的，最好等她爸爸在家。"许是某日夜里，兜妹那惊天地泣鬼神的啼哭声惊邻四座，邻居阿姨又开始对我好言规劝。

那是正式离乳的第二晚，与前一晚平静的睡眠相比，这一夜兜妹的情绪有了强烈的大反差。一觉醒后，兜妹哭嚷着来扒开我的衣服，迷糊中的我只好将她揽在怀里，轻拍着肩膀试图哄睡，可这并未奏效。情急之下，我又抱起她楼上楼下地转悠，自小性子就十分刚烈的兜妹仍在拳打脚踢。担心兜妹的肚子真的唱起了"空城计"，我只好一手抱着她，

辣妈孕事儿

另一只手冲好奶粉递到兜妹面前,却冷不防地被她一下打来,奶瓶"啪"地摔个粉碎。兜妹脸颊子上有两块苹果红,哭得上气不接下气,鼻涕一抽一抽的。

那一刻,我是多么地怨恨兜爸,在整个育儿的过程里,几乎都是我一个人独自承担和面对。我尽量压抑着心中的无奈和怒火,将兜妹撇在床上,含着泪蹲在了客厅的墙角,双臂搭于膝盖,将头埋了下去……

直到兜妹的哭声断断续续,甚至完全听不见,我才回到卧室,彼时女儿已经迷迷糊糊地睡着了。微弱的灯光照着她满脸的泪,嘴巴依然憋着,像吃奶一样吮吸着动,我的心又不禁隐隐作痛。给兜妹盖好被子,打算自己也和衣睡一会儿,不想,天已经开始蒙蒙亮了。

令人忐忑的第三晚悄然而至,我绷紧的神经也进入了临战状态。奇怪的是,兜妹在睡前并未过于哭闹,而是四仰八叉地满床翻滚了一阵子便安稳地睡下了,仅仅在夜里兜妹有气无力地叫了几声,我轻拍几下后,她便又睡过去了。

那时,我最奢侈的梦想就是在夜里能连续睡个整觉,即便囫囵着也行。果不其然,在兜妹彻底断奶后,没了念想的她彻底帮我恢复了安稳的睡眠,就连离开了很久的"大姨妈"也来报到了。

断奶,这是从一开始哺乳就知道的,但当它真的来临时,内心还是不免阵阵失落,昔日揽抱着兜妹亲密喂奶的日子也一去不复返了。

那些年,我们一起"追奶"的光景却不时地在我的眼前浮现着。

还记得我第一次笨拙地从兜爸手中接过兜妹,将她小心翼翼地揽在胸前撩起衣襟的情景……虽说小宝宝天生就具备吮吸的本能,但的确需要靠触觉引导。因没有授乳经验,我便用手去拨她的小脸,让她转头。谁想,因自己的手指无意中触碰到兜妹寻觅乳头的小嘴,她便转而朝我的食指吸了过去。费了好大的劲儿,我才让兜妹学会了吸吮乳头,只感觉那张湿嗒嗒的小嘴刚搭上去,我就被痒痒得弓起背,缩着脖子。

紧接着，我又经历了痛不欲生的开奶之痛，然后慢慢地，乳头被她吸破皮有血渗出，到断奶前近乎被咬断致伤口时常结痂流脓，我缩着身子完成了使命。在一次次的辛苦哺喂中，我也欣喜地见证了兜妹一路成长中的变化。从刚出生时整个小人瘦骨嶙峋到百天后的满面红光，从月子里墨绿色的稀薄便，到逐渐变成金黄色，直至成形。

早就听说，母亲的乳汁是血液转化的。一日，我将最后挤出的那乳汁装进了一个密封罐存至冰箱，却没想到几日后里面盛的液体颜色也由之前的乳白变成暗红。

断奶后，我的心情也出现了一阵前所未有的低靡，没了脐带，没有母乳，我们母女要怎样相连？

兜爸说："即便没了这条纽带，你的母爱仍会源源不断，它只是重新找了个出口而已。"

宝妈须知

宝宝该何时断奶？

从吃奶时间上看，孩子至少应该吃到1周岁，最好能吃到2周岁，这是专家的建议。太早断奶，意味着要用牛奶来代替母乳，属于舍本逐末的行为，从经济角度来讲不可取。

断奶原因和方式也是很多人争论的话题，比如妈妈产假休完了，宝宝恋奶不吃辅食，或者像我一样乳头被咬出外伤的等等。在断奶方式上，每一代人都有不同的理念，有人乐于采取母子分离、涂辣椒水等强制方法断乳。而有人则喜欢自然平静地使宝宝自动离乳。我认为，断奶是需要妈妈

和宝宝两人共同遵守和完成的事情,采取强制的方法是不可取的,妈妈要尊重小宝宝的意愿,否则会损害她幼小的心灵。

妈妈可从每日减少哺乳次数、增加辅食数量和花样上下功夫。只要宝宝吸得少了,奶水自然就丰盈不起来了。更不会出现憋奶的现象,这样自然回奶对母体和宝宝都是最健康的。

在断奶后,还需坚持做好乳房护理,比如将乳房彻底排空,坚持做乳房按摩,避免出现一大一小、影响身材美观的状况。

宝宝对给她们无限滋养和温暖的乳房是热爱的,即便随着年龄增长,他吃奶的热情降低了,但妈妈的乳汁和乳房在他们心中仍然是非常美好的。

30 抑郁，滚蛋吧

辣妈心情故事

心理学家说，所有可以追溯到童年的心理问题，都是严重的问题。

我的童年，是跟奶奶一起生活的，后来我才回到父亲身边。因和继母感情不好，我一直没能跟她们构建亲密的关系，加之父亲对我的管教很严，而自己的性格又偏于内向，以至于但凡遇到无法解决的问题，我都喜欢闷在心里。

兜妹出生后，我很少有时间和机会外出结识新朋友。渐渐地，我身体的疲惫和心理的消沉无法得到倾诉和释放，而兜爸又很少在家，一时间，忧虑、孤独和寂寞的情绪便在我心底不断蔓延……在兜妹周岁之前，曾有一大段时间我的情绪都异常低落。可在外人面前，我却要努力摆出一副很乐观的样子。

深夜，周围一片寂静，我却怎么也睡不着，胸口像压着一块大石头，躺在床上翻来覆去。当东边的天空即将泛出鱼肚白时，一夜未合眼的我真的感觉自己快要崩溃了。

白天，我也很难集中注意力，从职业女性摇身变成家庭主妇，更觉得自己此生毫无价值。周而复始地重复同样的事，早上起床给宝宝喂奶，然后出门买菜顺带遛弯，回家准备辅食中餐，宝宝吃完午睡后自己再吃，

接着打扫卫生，全部弄好宝宝就醒了。醒了喝奶再带出去玩，晚上还要面临2小时一次的夜奶……一想到此，我就会眼含泪水，放声哭泣。心烦之时，看到兜妹肥嘟嘟的小脸蛋，吮吸着自己的小手指，傻呵呵地朝我笑着，我也会突然有个闪念，其实自己并没有想象中那么喜爱她。

有时，我会突然情绪失控、莫名其妙地发火；有时，我也会久久地呆坐不想做事。慢慢地，我开始使劲地掉头发，一开始以为是季节更替正常的新陈代谢，但事实不是这样。

一天，我几经犹豫后走进了一名心理医生的办公室，并一一描述如上被困扰的症状。

"姑娘，你的情况该是抑郁情绪的反应。"对面的医生很亲切，剑眉下是一双有神的眼睛，看起来十分干练。

"抑郁情绪？"第一次在很郑重的场合听到如此专业的术语，我的嘴瞬间咧成了"O"型。

因"病"得不是很严重，医生很有耐心地向我解释了"抑郁症"和"抑郁情绪"的区别。但我知道，无论是偏向于哪一种，自己的心理疾病终于得到确诊了。

在抑郁的日子里，我也在反思，为什么自己会陷入抑郁痛苦的深渊。童年成长环境恶劣，没有母亲的关爱，从忙碌的职业生涯松懈下来，来自全职妈妈的各种烦恼等……这不过是客观原因，自己也有不可推卸的责任。

许是还未清醒地认识到："全职角色"是为更好地成全家庭和孩子，再加上眼看着同龄人还在努力地朝着梦想去追求，而当下的自己是这般状态，就越发感觉混沌和渺茫。人的幸福感其实来源于自己的主观思维，没有攀比，没有差距，即使贫穷也会心态平和。一旦开启了攀比模式，若外在因素无法改变，处于下风的自己便会不平衡，虽然可能得到的远比以前多，但还是觉得不开心。或许我的这种心理是作茧自缚，可这却是我最真实的心态。

"你就是不知足,我觉得现在的生活够好了。"兜爸对物质要求并不高,说好听点是淡泊名利。

他觉得有份安稳的工作,有属于自己的房子,能一家三口在一起,不愁吃,不愁穿,有老婆、孩子、热炕头,就是人生最大的幸福。可没有调查,就没有发言权,他根本无法了解全职妈妈心里的苦。

曾有一段时间,抑郁情绪不仅困扰着我,也影响了整个家庭的和谐。每每看到兜爸回来,我便跟他发脾气,说些很极端的话,让他十分伤心。

"小妹啊,我理解你的,你得慢慢调节。这样下去,对宝宝的成长也不好。"远亲不如近邻,目睹我整个焦灼状态的邻居阿姨,推心置腹地开导着我。

邻居的无私帮助与宽容,也如漫天黑暗里的点点星光,温暖着我们一家人。

一日,在我心情最低靡时,突然收到来自某小编的约稿函,重拾了我曾经怀有的文学梦想,也一扫我阴霾的心境。我决定利用自己充裕的时间,排遣相夫教子、料理家务的枯燥感。

精神上的鼓励让内心开始变得平静,觉得自己又重新变得更有价值,我不再抱怨不断,坏脾气更有所收敛。在中国,从事自由职业的人并不多,因为既体现出自由又算得上职业的工作,常常需要特别的机遇或特殊的装备。

渐渐地,我开始在朋友的引荐下加一些文学交流群,与一帮志同道合的文友探讨当下的文学现象。每天我也会抽出2个小时读书,古今中外的文学作品也都被我拿出来一一细细品读。潜移默化中,我不仅给宝宝培养了良好的阅读习惯,而且也让自己从全职妈妈转向文学创作者,应该说,这一转变也是深受某本小说主人翁的影响。

我找到了一些都市刊物和报纸,给他们写些零星的文章,谈谈我对育儿和婚姻家庭的感想。也许是亲身的感悟比较真实动人,慢慢地,自己的思路得到了编辑的认可,有的媒体还为我开了专栏。每当收到异地

寄来的样报和稿费时，我便一份份收藏好，同时内心深处有一种难以名状的喜悦感。

当然，写作需要安静的环境，而这恰恰不是全职妈妈所具备的。有时刚在电脑前坐下来写，宝宝便撒着欢不干了，哼哼着张开两只小手哭诉着让我抱。若我的反应稍慢点，兜妹的眼泪和鼻涕就会糊得满脸都是。在她的幼小心灵里，只有让妈妈抱着才会有安全感，才会让自己觉得被爱。

只是兜妹也如其他小宝宝一样不安分，她会在我的怀里上蹿下跳，或者有样学样，几根肉乎乎的手指胡乱地在键盘上敲一敲。只要是在她清醒的状态下，坚决不允许我干私事。写作是需要思路的，有时候灵感一旦被打断，再接上就真的很难了。

但我坚信办法总比困难多，比如白天带宝宝玩，或者洗衣、煮饭时，我都会一边干事一边打着腹稿，慢慢理顺着文章的思路。至于具体的写作过程，便不再是很难的事。

思路一旦被打开，便如泉涌般倾泻而下。白天我把一切关于宝宝的吃、喝、拉、撒等家务琐事打理完毕后，到了深夜便是我徜徉在文字世界里最安逸、自由的时光。

由于自己长时间熬夜写作，眼袋自然也就被熬出来了。

通常，每天我会以一个固定的章节速度写，写小说不仅要注重词句的推敲和内容的衔接，逻辑上是否合理也会让我琢磨到半夜。但为保证次日有充裕的精力照顾兜妹，我也给自己定了要求，凌晨1点之前必须收手。

曾经，我也担心自己做了全职妈妈后会与社会脱节，而一旦投入到写作营生后，却发觉自己与社会的联系更紧密了。写小说后我更热爱生活，也更善于观察生活了。虽然越来越忙，但内心却比之前快乐了。

我也终于明白，当年孔子的学生颜回为什么"一箪食，一瓢饮"却依然那么快乐，因为对一个内心强大的人来说，太丰富的物质生活只是负累，而简约的生活才能让人保持内心的平和与清净。

在此，我要说的是，不管是结婚还是生子，恐惧都是正常的，关键是内心要充满希望。就比如，要做好全职妈妈，先要真心希望去做这件事，然后再去努力做好。如此，本能才不会变成束缚，母性才不会变成压力。

从抑郁情绪中脱身而出，我用了1年多的时间，是的，这需要时间。需要努力的自救，更需要来自家人和朋友对我的帮助，最重要的，我重新找到了自己的价值。在我人生中最阴霾的1年里，我做到了。这段充满抑郁的黑色日子，也让我的身心经历了一场磨砺，从一只难看的蛹蜕变成了美丽的蝴蝶。

至今，仍有很多年轻的女性朋友问:"你把自己的大好青春献给孩子，值得么？"

我会很肯定地回答:"值，很值，非常值！"

宝妈须知

产后抑郁的成因是什么？

和我的性格一样，比较情绪化，对事物反应有些偏激或过激，自身受到困扰却不能有效地处理问题，甚至使事情更糟。抑郁的情绪包括抱怨、焦虑、惶恐，挫伤自己的信心。有关专家介绍，80后妈妈已成为产后抑郁的高发人群。

辣妈孕事儿

母亲对婴儿的冷淡,会让孩子失去愉悦的体验,孩子长大后出现心理扭曲、人格问题的比例比较高。想到自己童年的家庭裂变而导致的性格缺陷,我就发誓要给兜妹一份最完整、最无私的母爱。这也是后期我下定决心从抑郁阴影中走出的唯一动力。

我在经历分娩后,兜爸一直处于迎接新生命的激动情绪中,而我的心情常常被忽略。在出现心理波动时,我容易被兜爸误解为是对孩子发育的焦虑,或者是独自带宝宝的劳累所致,兜爸不愿意承认我有抑郁情绪这一事实的存在。

另外,造成产后抑郁的原因是:生育孩子前后心理落差很大;工作与生育的冲突;抚养孩子压力的增大;生孩子身材变形等。

如何走出产后抑郁?

情绪沮丧时,可借助一些方式排遣,如外出就餐或看场电影,和好朋友一起吃饭、聊天;

不要勉强自己做不愿做的事;

不要对自己要求过高,把自己的担心说出来,让别人帮助化解;

多装扮自己,让自己美丽一些。

美妈饮食碎碎念

调节食物营养组成能适当缓解抑郁情绪。

患有产后抑郁的新妈妈,可多吃乳类及其制品,各种蛋类、豆类、蔬菜、水果类和谷物。

若有注意力无法集中,反应迟滞的症状,可以考虑吃一些鱼虾、瘦肉、肝、鸡蛋、牛奶、豆浆、豆腐等,这些食物不仅仅富含蛋白质,还包含大量钙、铁、维生素A等。可以提高大脑功能,提高记忆力,让大脑长时间保持良好的工作状态。

31 周岁记：从育儿"小白"到资深辣妈

辣妈心情故事

时间过得真的很快，转眼兜妹 1 周岁了。

去年的这个时候，我还坚挺着大肚子，在产房里经历着有生以来切身之痛的生子考验。

那时，挺过一冬严寒侵袭的北方才刚刚春回大地，树绿了，草青了，天气逐渐变暖了。而唯一的热带城市三亚早已进入了炎热的夏季——出奇的热。我不接受剖宫产，固执地要将兜妹顺产生下来，我相信育儿书上说的："顺产生出的孩子更健康。"就这样，两个80后组成的小家庭里迎来了这个小不点。紧接着我又在室温比室外"高八度"的百般煎熬中，按照顺产产妇的传统挨过了难熬的一个月。

兜妹出生后的第一声啼哭，把所有人（兜爸、我还有接产的医生和护士）的精气神都提到了最高点。和其他宝宝不同的是，刚降临人世间的兜妹少了爷爷、奶奶、外公、外婆的排队迎接和无尽呵护。

这一年，我曾经习惯的自由生活全因兜妹而改变。

在没有兜妹的时候，我有大把可以随意支配的时间。也曾在周末与兜爸小聚时，一起泡书店，一起逛大街，一起策划说走就走的旅行，大手拉着小手，无节制地消费，无牵挂地游山玩水。

那时候,我常常自私地想,这世界仅是属于我们两个人的该多好,哪怕来一个都是多余。一转眼,那两个潇洒的人却为人父、为人母,只为了那个从娘胎里蹦出的小鬼。

特别是做了全职妈妈后,我被各种家庭琐事缠身,向来衣着得体的我,无心也抽不出时间来修整自己的仪表。每每走在街上,目睹那些外表光鲜亮丽的美女和少妇,我就有一种深入骨髓的自卑感。感觉自己土到爆,我可是终日穿着一件不合身的哺乳T恤,松松垮垮的大肚腩啊,体型也是很肥硕。我顶着一头毛寸短发和兜爸走在一起,怎么看两人都像是一对好基友。

兜妹的到来也让我一下子长大了,平时的任性和"暴脾气"都不如从前那般频繁出现了,我学会了心平气和,学会了"一切为了孩子"。别的宝宝有的,我和兜爸会努力争取。别的宝宝没有的,我们也会尽量让兜妹得到。

这一年,有些事情是兜妹、我和兜爸三个人的秘密。

女人都是脆弱和敏感的,从决定生下兜妹那时,我就已经给自己鼓起了巨大的勇气。

从月子里,就是兜爸和我两个人应付一切事情,没有其他人帮忙。我也曾担心自己应付不了未来陌生的"全职生活",怕自己会手忙脚乱而毫无成效。只是没想到,仅凭几本育儿书籍和满腔的爱心,我便有条不紊地将兜妹抚养长大。可谁又能懂,身兼军嫂和全职妈妈双重身份的我,一个人的日子有时候真的过得很辛苦。有时,孤独和疲惫真的可以把一个顽强的生命摧垮。

这一年,我患上了严重的产后抑郁症,分分钟便会郁闷地流泪。原本就心思敏感的我,终日要重复着看似繁杂却又单调的生活,怎能不抓狂?可是,有了宝宝,我又不得不一次次地让自己建立起更强大的内心来与之对抗。

生性刚烈的我从不是懦弱之人，再说还有兜爸，总能让我疲惫的心灵有片刻栖息的港湾。

我更知道，兜爸在这一年，也经历了原本不属于他自己的黑暗。之所以还会将心贴近，是因为我们彼此都需要温暖。因为，人生活在这个世界上，总要承受一些不愿意接受的事实。

可以说，自从有了孩子，我对自己"后半生的生活该怎么过"的问题就更为迷惑了。想到自己就这样一直照顾着兜妹长大，上学、工作、嫁人、产子……就会突然觉得生活好无趣。可这些中老年人的生活景象呀，时常都会在我的大脑里轮番上演。

这一年，自从多了兜妹，我和兜爸也能在生活中感受到无处不在的幸福与甜蜜。

每每在跟我们撒娇时，可爱的兜妹就会将湿嗒嗒的小嘴巴凑上来亲亲父母的脸。被她美美地"滋润"后，我们都会擦着脸上残留的口水忍不住大笑。而此时，兜妹也会跟着一起笑，一只肉肉的小手捂着嘴巴，躬着背，缩起小脖子，脸上还透露着一丝狡黠。

有时，我也会故意用一副生气的表情逗她，兜妹先是一脸茫然，然后瞪着圆溜溜的大眼睛张望着，眼睛忽闪一会儿就把自己手里抓着的玩具送给我。我想，这该是她在用自认为最贵重的礼物来安慰妈妈，希望妈妈开心吧。

不断长大的兜妹，跟兜爸完全是一个模子刻出来的，身材和五官都很像。兜爸更是得意得逢人就夸。

这一年，兜妹也迎来了自己的第1个生日。因兜爸出公差，我们并没能按照传统风俗摆周岁酒，当然也没有拍下充满回忆的周岁照。

记得，生日一大早，我并没有忘记给兜妹抓周。

抓周，又叫"试儿"。是一种预测周岁幼儿性情、志趣或未来前途的民间仪式。《红楼梦》第二回，描写了贾政为宝玉举行"卒盘"仪式

的情景：那年周岁时，政老爷试他（宝玉）将来的志向，便将世上具有代表性的东西摆了无数叫他抓。谁知他一概不取，伸手只把些脂粉钗环抓来玩弄，那政老爷便不喜欢。说将来不过酒色之徒，因此不甚爱惜……"抓周"习俗流传于全国各地，现代人一般只把"抓周"当作一种习俗来把玩。

那日我早早起床，便开始准备从网上查来的抓周用品。惭愧的是，由于当时我正带着兜妹住在深圳的堂弟家，很多物件都准备得不够齐全，但我还是精心挑选了身边有代表性的几样物品。

比如计算器，寓意日后经商；人民币，代表日后富有；书本，表示日后有学识。当然，还有一小瓶奶片，如果被兜妹抓到了，很可能会如我一般，一辈子做个快乐的吃货。总之，都是平时兜妹很少摸碰到的物件。准备完毕后，我便将上述物品往床上一摊，紧接着搞笑的一幕出现了。

兜妹的小屁屁刚刚挨着床沿，便兴奋地朝摆摊那里爬了过去。肉墩儿一样的兜妹，爬行时扭着肥嘟嘟的小屁股，交替着使用胳膊和腿。左胳膊伸出去，左手着地的同时右腿也往前移动，然后右胳膊往前伸，右手着地的同时左腿再往前移动。随即，兜妹啪啦啪啦地在计算器上按个不停。

片刻，花花绿绿的书本又吸引了兜妹的注意，她甩开手里摆弄的计算器，小手又朝着一本故事书"啪"地拍了下去。可这似乎并未引起兜妹的好奇，倒是一旁红色的百元大钞，使兜妹忙不迭的眼神在一瞬间定了神。却不想，小家伙只是都好奇地拍了拍，看了看，并无实际行动。

本以为第一次抓周，兜妹也抓不出什么名堂了。正在犹豫着的兜妹突然抬起屁股，一把将那瓶奶片抓在了手里，并试图打开。至此，兜妹的抓周算是告一段落了。

兜妹周岁这天，我除了安排一场简单的抓周游戏，煮了一份长寿面外，再无其他可纪念的事件，恍惚一下时间就过去了。

可以说，生日过去了，可她的人生还没有真正开始。作为母亲，我势必将在以后的人生里为她倾注所有。

为了兜妹，我会无怨无悔地付出全部的爱和关怀。

为了兜妹，我会心甘情愿地承担一切磨难和痛苦。

宝妈须知

1周岁宝宝的发育特点有哪些？

1. 神经发育

双手能熟练地拿东西吃、玩玩具，十根手指还能完成诸如拧瓶盖、拾小物等精细化的动作。

2. 肢体发育

宝宝发育程度不同，可扶墙或独立行走，但后者持续时间不会太长。

在不需外人帮助的情况下，可完成从站立到下蹲，或坐着能转身的动作。

3. 语言发育

除了会叫"爸爸""妈妈"外，还学会了一些简单的词汇量。会用声音和简短的词表达自己的愿望。

美妈饮食碎碎念

合理安排断奶后的饮食,保证热量和蛋白质的充足供应,保证日常肉蛋菜和水果杂粮的饮食平衡,鼓励宝宝不挑食,养成主动就餐的好习惯。

特别鸣谢

封面模特：

辣妈陈莎莎（@辣妈陈小莎）

女儿黎姞玙

摄影：谷田达子工作室

名人堂·好书推荐

寄语《辣妈孕事儿》

有人说，80后喜欢玩孩子？不喜欢生孩子？更不喜欢养孩子。看完本书后，我不这么认为。80后是新的一代，80后对育儿和生活有自己的观点，她们更是与孩子一起成长，而绝不是不负责任地生下孩子，把他养大那么简单。

——香港卓越父母国际研究院院长 林青贤

作者从怀孕写到宝贝一周岁的全部经历。时间跨度之长，作者情绪之起伏，孕育技巧之提高，心灵能量之升华，夫妻共处之秘诀，都经由活泼、幽默、接地气的叙述给表现出来了。你想知道的"心情故事""美妈须知""饮食碎碎念"，全在一本书里了。

——东方新领袖文化传媒有限公司董事长、著名亲子导师 罗群

从"铁杆丁克"变身宝妈，从"育儿小白"升级资深辣妈，凭借"小强"精神，80后小军嫂一路过关斩将，排除"外忧内患"，让我看到了一个"新上岗"的妈妈的不易。

——中国人才研究会经济人才委员会教育专家 金子谦

《辣妈孕事儿》，你只需认真阅读，放纵感悟。书里的她或许就是你，或是未来的你。80后、90后的辣妈就是要个性、自我、大胆、前卫、有一套自己的育儿经。

——中道善和（北京）文化发展公司董事长 田秉正

作者"本色出演"，"医学出身背景"混搭"亲身孕育经历"，给80后、90后辣妈最科学、有效、易于操作的育儿私房话。本书能让那些缺少理智的孕妈少遭些担惊受怕的折磨，让宝宝少受些不该受的委屈。

——天津君恒财富管理中心首席家族财富管家 姚佳君

转型辣妈应该更懂爱，在面临产后抑郁、幸福不性福时，《辣妈孕事儿》让你不再泪洒问苍天，即使产后也能和准爸爸和平相处，做一个开心优雅的辣妈！

——北京统真堂生物科技有限公司（统真堂香灸）董事长 刘馨如